Angelika Klüssendorf
Das Mädchen

PIPER

Zu diesem Buch

Am Anfang scheint alles schon zu Ende zu sein: Der Vater trinkt und taucht nur sporadisch auf, die Mutter lässt ihre Wut an den Kindern aus, die Klassenkameraden meiden das Mädchen, der jüngere Bruder kapselt sich völlig ab. Und doch gibt es eine Kraft, die das Mädchen trägt. Die Bilder von »Brehms Tierleben«, die sie bewundert, der Traum vom kleinen Haus mit Garten auf dem Lande, Grimms Märchen. Und immer wieder Menschen, die ihr etwas bedeuten und die sie halten. Eines hat sie gelernt: Man muss sich holen, was man braucht. Auch wenn sie mehrfach beim Ladendiebstahl erwischt und schließlich ins Heim gesteckt wird, kann sie sich auch dort auf die neue Lage einstellen. Und das Kinderheim wird auf überraschende Weise zu einem Refugium, wo Kindheit erstmals gelebt werden kann.
Mit ihrer klaren, knappen, präzisen Prosa, großer Lakonie und trockenem Humor versetzt Angelika Klüssendorf den Leser in eine Welt, die das Kindsein kaum zulässt. Atemlos folgt man einer Heranwachsenden, die nichts hat, worauf sie sich verlassen kann, und trotzdem den Lebenswillen nicht verliert – kein bemitleidenswertes Opfer, sondern ein starker, abgründiger Charakter. Ein literarisches Meisterwerk!

Angelika Klüssendorf, geboren 1958 in Ahrensburg, lebte von 1961 bis zu ihrer Übersiedlung 1985 in Leipzig; heute wohnt sie auf dem Land in Mecklenburg. Sie veröffentlichte mehrere Erzählbände und Romane und die von Kritik und Lesepublikum begeistert aufgenommene Romantrilogie »Das Mädchen«, »April« und »Jahre später«, deren Einzeltitel alle für den Deutschen Buchpreis nominiert waren und zweimal auch auf der Shortlist standen. Zuletzt wurde sie mit dem Marie Luise Kaschnitz-Preis (2019) ausgezeichnet. Die französische Übersetzung ihres Romans »Vierunddreißigster September« stand auf der Longlist des Prix Femina 2022. Ihr Roman »Risse« wurde für die Longlist des Deutschen Buchpreises 2023 nominiert.

Angelika Klüssendorf

DAS MÄDCHEN

Roman

PIPER

Mehr über unsere Autorinnen, Autoren und Bücher:
www.piper.de

Wenn Ihnen dieser Roman gefallen hat, schreiben Sie uns unter Nennung des Titels »Das Mädchen« an *empfehlungen@piper.de*, und wir empfehlen Ihnen gerne vergleichbare Bücher.

Von Angelika Klüssendorf liegen im Piper Verlag vor:
Das Mädchen
April
Jahre später
Vierunddreißigster September
Risse
Trost

Wiederveröffentlichung
ISBN 978-3-492-31853-2
1. Auflage November 2021
3. Auflage Juli 2026

Für direkten Kontakt und Fragen zum Produkt
wenden Sie sich an: *info@piper.de*
Umschlaggestaltung: Cornelia Niere
Umschlagabbildung: plainpicture / Millennium / Bina Winkler
Satz: Felder KölnBerlin
Gesetzt aus der Stempel Garamond
Druck und Bindung: CPI books GmbH, Leck
Printed in the EU

Für Anna und Jakob

1

Scheiße fliegt durch die Luft, streift die Äste einer Linde, trifft das Dach eines vorbeifahrenden Busses, landet auf dem Strohhut einer jungen Frau, klatscht auf den Bürgersteig. Die Menschen auf der Straße bleiben stehen und schauen nach oben. Schwefelgelb brennt die Sonne, und es regnet Scheiße, doch vom Himmel fällt sie nicht. Der Briefträger entdeckt zuerst, woher sie kommt, und alle folgen mit überraschten und angeekelten Blicken seinem Zeigefinger, der auf ein Fenster im dritten Stock eines Mietshauses deutet. Das Haus unterscheidet sich nicht von den anderen Häusern in der Straße, Rußflecke, Einschusslöcher aus dem Krieg, abblätternder Putz. Im offenen Fenster ist der Kopf eines Mädchens zu sehen, ein dünner, weit ausholender Arm, und schon fliegt der nächste Batzen. Die Leute stellen sich in die Hauseingänge und verfolgen das Geschehen. Die junge Frau hält den beschmutzten Strohhut weit von sich, Rufe nach dem Abschnittsbevollmächtigten werden laut, der Briefträger springt zur Seite, als ein Stück Scheiße direkt vor seine Füße fällt. Dann schlägt das Fenster mit einem lauten Krachen zu – ein Wunder, dass die Scheibe nicht zerbricht. Nach einer Weile ziehen die Leute ab, gehen ihrer Wege.

Das war der Angriff der Stinktiere, denkt sie, im Schatten der Gardine stehend. In der Ferne heult ein Motor auf, es ist heiß und stickig, schnell hat sich die Langeweile wieder im Zimmer ausgebreitet, wie ein Gas, das ihr den Atem nimmt. Sie spürt ein Klopfen hinter ihren Schläfen, geht in die Küche, wäscht sich die Hände und hält den Mund unter den Wasserhahn. Das Mädchen ist zwölf Jahre alt, ihr Bruder Alex sechs, seit Tagen sind sie in der Wohnung eingeschlossen. Die Toiletten sind in diesen Mietshäusern immer ein halbes Stockwerk tiefer, so hat sich eine Menge Scheiße im Eimer angesammelt.

Alex lässt seine Spielzeugautos über das schräg an die Wand gestellte Bügelbrett in einen Schuhkarton fahren. Sie hat Lust, ihren Bruder zu schlagen. Stundenlang sitzt er schon so da, starrt nur auf seine Autos und macht brummende Geräusche. Sie nimmt ein Auto und wirft es von einer Hand in die andere – keine Reaktion. Sie holt aus, und endlich: Er zuckt zusammen und schaut zu ihr hoch.

Komm spielen, sagt sie.

Er brabbelt den üblichen Unsinn – will nicht, lass mich in Ruhe –, bleibt regungslos sitzen.

Komm schon, sagt sie, und diesmal klingt ihre Stimme so, dass er gehorcht.

Er folgt ihr in das Schlafzimmer der Mutter. Sie zieht die Gardinen zurück. Gegenüber ist eine kleine Werkzeugfabrik. Bald werden die Männer Pause haben. Sie zieht sich aus und sucht in dem Schrank der Mutter nach Unterwäsche, bindet sich einen Büstenhalter über die flache Brust, schlüpft in ein rotes Spitzenhöschen und zurrt den Gummibund so fest, dass es ihr nicht mehr über die Hüftknochen rutscht. Mit dem Stummel eines Lippenstifts bemalt sie sich den Mund. Sie nimmt die Stöckelschuhe der Mutter, klettert auf den Tisch vor dem offenen Fenster und steigt in die Schuhe. Mit einer Hand in der Taille schaut sie zur Fabrik rüber. Nach einer Weile nimmt sie die Hand runter und steht einfach nur da. Sobald die Arbeiter an den Fenstern der Fabrik erscheinen, beginnt sie mit einem ernsten Lächeln ihre Hüften zu drehen, wie sie es im Fernsehen gesehen hat. Sie weist ihren Bruder an, laut in die Hände zu klatschen, dreht sich schneller, doch die Männer glotzen nur und bleiben stumm. Als sie sich vor ein paar Tagen in einem ähnlichen Aufzug am Fenster gezeigt hat, haben sie ihr unter lautem Gejohle applaudiert und Bravo gerufen. Sie bleibt kurz stehen, reckt den Hintern in die Luft.

Schäm dich, hört sie einen Mann rufen. Die Sonne blendet sie, sie sieht den Rufer nicht, hat keine Ahnung, ob er alt oder jung ist, ob er es ernst meint. Scham, das fühlt sie genau, ist aufregender als Langeweile. Sie verbindet mit diesem Wort einen leisen Ekel in der Stimme der Mutter. Sie bewegt sich weiter, mit ausgebreiteten Armen. Auch als die Männer längst wieder arbeiten, tanzt sie noch und macht ein Gesicht, als würde sie für sich ganz allein tanzen. Dann klettert sie erhitzt vom Tisch, wirft die roten Lackschuhe in eine Ecke.

Alex sitzt auf dem Fußboden und zerreißt eine Zeitung in kleine Schnipsel. Sie lächelt und sagt, jetzt bist du dran. Ihr Bruder will sich nicht von ihr verkleiden lassen. Sie denkt daran, wie die Mutter mit einem grauen Ledergürtel auf sie einprügelt und hinterher völlig außer Atem ist. Sie zielt mit ihrem Finger auf die Stirn ihres Bruders, peng, schreit sie, und noch einmal, peng, peng, peng, dann klopft sie an seine Stirn, wie man an eine Tür klopft. Los, steh auf, sagt sie, wir müssen dich schön machen. Mit den Resten des Lippenstifts malt sie ihm kreisrunde Flecken auf die Wangen, dann beschmiert sie seine Lippen. Als er sich zu wehren versucht, knallt sie ihm eine. Sie sieht in seinen Augen die gleiche Angst wie ihre eigene, und das macht sie wütend. Sei bloß ruhig, faucht sie, obwohl er stumm ist wie ein Fisch. Willenlos lässt er sich von ihr ausziehen, doch als sie versucht, ihm den Büstenhalter am Rücken zuzuknoten, merkt sie selbst, dass es lächerlich aussieht, Alex ist noch magerer als sie. Sie hört ihren Magen knurren und holt aus der Speisekammer das letzte Zwiebackpäckchen. Sie tunkt einen Zwieback in das Senfglas, und während sie kaut, spürt sie, wie sich die Schärfe wohltuend hinter ihrer Stirn ausbreitet.

Sie weiß nicht, wie spät es ist, die Stunden ziehen sich wie Wolkenketten, die am Horizont verschwinden. Sie betrachtet ihren Bruder. Alex mit seinen langen blonden Locken ist der Liebling der Mutter. Aber das bedeutet nicht viel, denn auch er kann einfach so in Ungnade fallen, ein böses Kind sein, ein verweichlichter Bastard, der bestraft werden muss. Er sitzt wieder auf dem Boden, umklammert seine Beine, schaukelt hin und her. Als sie den Schlüssel im Schloss hören, halten sie den Atem an. Sofort sieht sie die Wohnung mit den Augen der Mutter. Sie haben alles verkommen lassen, ein Zimmer ist schmutziger als das andere. Die Mutter geht langsam an ihnen vorbei, ohne sie anzusehen.

Das Herz pocht ihr den Hals herauf, sie schließt die Augen, eigentlich will sie nur davonkommen, und manchmal gelingt es ihr.

2

In ihrem Zeugnis steht, dass ihre guten geistigen Fähigkeiten ungenutzt bleiben. Sie hat immer denselben Tagtraum: In der Nachkriegszeit bringt sie sich und ihren Bruder als Meisterdiebin und Schwarzmarktkönigin durch die Hungersnot. Im Wald baut sie ein Haus aus Steinen oder aus Holz, mit Kamin oder Ofen – die Vorstellungen wechseln, sie richtet es vollständig ein, und die Vorratskammer ist mit den wunderbarsten Speisen gefüllt, im Garten hat sie Gemüse angepflanzt, abends sitzt sie mit ihrem Bruder an einem Tisch, sie essen Kartoffeln, die frisch aus der Erde kommen.

In den Schulpausen stellt sie sich zu den flüsternden, kichernden Mädchen und tut so, als würde sie dazugehören. Seit ein paar Tagen wird in den Pausen ein Lied aus dem Westen gesungen: »Am Tag, als Conny Kramer starb« – die Mädchen können den Text auswendig und singen die Strophen immer wieder aufs Neue ergriffen. Sie imitiert die Gesten der anderen Mädchen und versucht sich beim Singen in deren Pathos hineinzusteigern, versucht ein genauso durchgedrehtes Gesicht wie sie zu machen.

Es kommt vor, dass sie von eifrigen Lehrern zum Sozialobjekt erklärt wird und eine der besseren Schülerinnen die Patenschaft für sie übernimmt. Sie muss ihr dann die Hausaufgaben vorzeigen, wohlmeinende Worte erdulden, sich von ihrer Wichtigtuerei beleidigen lassen.

Einmal wird sie von einem Mädchen, das die Patenschaft für sie übernommen hat, nach Hause eingeladen. Während sie Katrins Mutter begrüßt, starrt sie gebannt auf ihre großen Nasenlöcher, die sie an die Nüstern eines Pferdes erinnern. In Katrins Zimmer verbirgt sie ihren Neid hinter einem verlegenen Grinsen und betrachtet aufmerksam den hübsch angeordneten Mädchenkrimskrams in den Regalen. Sie erklärt sich bereit, »Der Prinz und die Prinzessin heiraten« zu spielen, aber sie verlangt dafür ein Geschenk. Katrin reicht ihr ein blaues Tuch, das mit silbernen Sternen bestickt ist. Das ist für den Prinz, sagt Katrin und wirft sich selbst einen goldenen Umhang über die Schultern.

Schenkst du es mir? Sie läuft ein paar Schritte, lässt das blaue Sternentuch durch die Luft wehen.

Warum?, sagt Katrin und schaut sie verblüfft an.

Darum, sagt sie.

Das erlaubt meine Mutter nicht.

Diese Antwort birgt für sie einen Funken Hoffnung.

Deine Mutter muss es nicht erfahren, sie versucht ihre Stimme verschwörerisch klingen zu lassen.

Katrin überlegt eine Weile, dann schüttelt sie den Kopf.

Sie verlegt sich aufs Betteln, schenk es mir, sagt sie, ich muss es haben. Sie wirbelt umher, springt aufs Bett, über den Teppich und ruft: Schenk es mir, bitte, bitte, schenk es mir, sie schwenkt das Tuch wie eine Fahne. Dann jagen sie einander durchs Zimmer, lachen lauthals und kreischen. Sie findet sich damit ab, dass sie ohne das Sternentuch nach Hause gehen wird. Als Katrins Mutter die Tür öffnet, liegen sie mit erhitzten Gesichtern auf dem Fußboden und imitieren Tierstimmen, sie heult laut wie ein Wolf. Katrins Mutter betrachtet sie missbilligend und gibt ihrer Tochter zu verstehen, dass es Zeit ist, den Besuch nach Hause zu schicken. Katrin gehorcht sofort und bringt sie zur Tür.

Nachdem sie ihren Bruder vom Kindergarten abgeholt hat, will sie noch etwas herausschinden aus diesem Tag. Sie beschließt, die Reaktionsschnelligkeit der Autofahrer zu testen – ihr Lieblingsspiel, das sie sich selbst ausgedacht hat. Sie steht am Bordstein, und kurz bevor ein Auto sich auf ihrer Höhe befindet, rennt sie blitzschnell über die Straße. Bislang hat sich Alex geweigert, mitzuspielen, doch heute folgt er ihrem Beispiel und rast wie sie über die Straße, die Bremsen quietschen, und ihre Herzen hämmern.

3

Sie sollen ihre Mutter in die Poliklinik begleiten. Die Mutter trägt ein schulterloses königsblaues Kleid, auch ihr Lidschatten ist königsblau, sie hat sich zurechtgemacht, sogar ihre Fußnägel sind lackiert, und an ihrem linken Knöchel blinkt ein silbernes Kettchen. Während Alex und sie im Warteraum bleiben, dringt die Stimme der Mutter aus dem Sprechzimmer, durchschlägt die Wand. Alex macht eine heftige Handbewegung, dann sitzt er nur noch erstarrt neben ihr. Als eine Krankenschwester die Tür öffnet, sind tränenerstickte Laute zu hören, dann bittende, schmeichelnde Worte: Der Doktor solle eine Ausnahme machen, sie habe schon zwei Kinder, und es komme doch nicht darauf an, ob sie im dritten oder vierten Monat sei. Nun ist die Stimme des Arztes deutlich zu hören, das wäre keine Lösung, sondern Mord, sagt er streng, und dieser Satz hinterlässt bei ihr einen tiefen Eindruck.

Auf dem Weg nach Hause können sie der Mutter

kaum folgen, trotz ihrer hohen Absätze ist sie ihnen immer einen Schritt voraus.

Es ist längst dunkel, doch sie kann nicht einschlafen. Ist die Mutter schwanger? Sie vermag sich kaum an ihren Vater zu erinnern. Aus den Andeutungen der Mutter hat sie sich zusammengereimt, dass er im Gefängnis sitzt. Aber wer ist der Vater des Kindes im Bauch der Mutter?

Lange Zeit hat sie sich Sexualität so vorgestellt: Ein Mann steht nackt in einer Toilettenkabine, daneben steht, durch eine dünne Wand getrennt, eine nackte Frau. Der Samen wird vom Mann ausgestoßen, gleitet dann geschwind seine Beine hinunter auf den Boden, von da aus in die Nebenkabine, die Beine der Frau hinauf und dann in sie hinein. Die Frau und der Mann bewegen sich dabei überhaupt nicht und sprechen auch kein Wort. Inzwischen aber glaubt sie Bescheid zu wissen: Der Mann steckt der Frau sein Ding rein.

In den nächsten Tagen geht die Mutter nicht zur Arbeit. Sie raucht, trinkt, rauft sich die Haare, springt die Stufen im Treppenhaus mit großer Wucht herunter und wieder hoch. Sie sitzt stundenlang in der gelben Plastikwanne, geht selbst in die Kneipe und schleppt schwere Netze voller Bierflaschen nach Hause. Sie führt laut Selbstgespräche oder redet auf ihre Tochter ein, als wäre sie ihre Vertraute. Sie versucht zu lächeln, wenn die Mutter sie »mein gutes Pferdchen« nennt, innerlich stößt sie jedoch ein höhnisches Wiehern aus. Wenn die Mutter weinend im Sessel sitzt, steht sie neben ihr und flüstert tröstende Worte, obwohl ihr Herz längst erkaltet ist; sie weiß, dass die Mutter blitzschnell wieder ganz anders sein kann, also ist sie vorbereitet.

Nachts weckt sie ein Stöhnen. Sie schleicht über den Flur, sieht durch den Türspalt die Mutter auf dem Küchenboden in einer Blutlache sitzen. Sie begreift zuerst nicht, was die Mutter da macht, mit einer Stricknadel stößt sie sich zwischen die geöffneten Schenkel. Um dieses Muttergesicht auszublenden, starrt sie auf die bunten Teller über ihr an der Wand. Sie atmet aus und hat das Gefühl zu schrumpfen. Sie möchte mit dem Bild, das sich in ihr festsetzt, nichts zu tun haben. Sie wünscht sich eine andere Mutter. Seit Langem denkt sie, dass sie bei ihrer Geburt vertauscht wurde. Aber dieser Gedanke nützt ihr nichts. In der Nacht träumt sie von einem Monster, das sie töten will, und als sie endlich das Fenster öffnen kann und laut nach Hilfe ruft, setzt ein lärmender Sturm ein und verschluckt ihre Schreie.

Am nächsten Morgen ist der Küchenboden wieder sauber. Ein säuerlicher Geruch liegt in der Luft, als sie die Tür zum Schlafzimmer der Mutter öffnet. Die Mutter winkt sie zu sich und redet mit weinerlicher Stimme auf sie ein, redet vom Paradies und von Jesus, der in einem goldenen Palast wohne, obwohl er doch in einem armseligen Stall zur Welt gekommen sei. Sie versucht mitfühlend auszusehen, doch empfinden kann sie nur Widerwillen. Aber dann erzählt die Mutter, was sie nachts geträumt hat, und der Traum gleicht ihrem Traum, endet mit den Hilferufen, die niemand hört.

Sie hält die Luft an. Ist es möglich, dass sie sogar in derselben Traumwelt leben? Sie wird nie entkommen können?

4

Elvira ist neu in der Klasse und wohnt nur ein paar Häuser weiter. Nach der Schule haben sie denselben Weg, und als wäre es selbstverständlich, begleitet sie Elvira in einer Freistunde nach Hause. Die Tür wird von einer sehr dicken Frau geöffnet, die sie lächelnd begrüßt. In der winzigen Küche riecht es nach gekochtem Kohl. Es fällt kaum Licht durch die zum Hinterhof gehenden Fenster. Während Elviras Mutter die Mädchen über die Schule ausfragt, fährt sie sich mit der Patschhand durch ihre silberne Dauerwelle, die wie ein Lockenhelm ihren Kopf umrandet, und atmet schwer.

Sie hat noch nie eine so fette Frau gesehen. Ihre Mutter sei krank, erklärt Elvira später, der Stoffwechsel funktioniere nicht richtig, deshalb sei sie etwas korpulent. Bei ihrem nächsten Besuch lernt sie Elviras Vater kennen. Er trägt ein Parteiabzeichen am speckig gebügelten Revers seines Jacketts, karierte Hausschuhe und eine Nickelbrille. Wenn er ihr eine Frage stellt, setzt er seine Brille ab, doch meistens schweigt er.

Dienstags haben sie drei Freistunden, die sie bei Elvira zu Hause verbringen. In dieser Zeit läuft im Fernsehen die Wiederholung von *Willi Schwabes Rumpelkammer*, eine beliebte Sendung, in der alte Schwarz-Weiß-Filme vorgestellt werden, und dazu essen sie Spaghetti mit Tomatenketchup. Mehr noch als Heinz Rühmann und Theo Lingen mögen sie Johannes Heesters, in den sie ein wenig verknallt sind. Diese Dienstage sind Glückstage, sie freut sich schon die ganze Woche darauf.

Sie mag die Eltern ihrer neuen Freundin. Sie sind arm, aber diese Armut kommt ihr ehrbar vor, ganz anders als bei ihnen zu Hause. Ihre Mutter redet ständig über Geld, unter dem Bett hat sie eine Schatulle versteckt, in der sie Geldscheine und Schmuck aufbewahrt. Manchmal kommt sie in das Schlafzimmer und sieht die Mutter im Bett sitzen, Ringe und Armbänder vor sich ausgebreitet, die Geldscheine zu kleinen Haufen sortiert. Die Mutter fragt sie nie, ob ihr etwas gefällt, sondern immer nur, ob sie weiß, wie teuer die letzte Anschaffung war. Es bereitet ihr großes Vergnügen, wenn ihre Tochter sich irrt – es war viel teurer, sagt die Mutter dann mit stolzer Stimme.

Sie will der Mutter von Elvira etwas schenken, möchte sich bedanken für die Freundlichkeit, mit der sie behandelt wird. Noch nie ist sie zielgerichtet losgegangen, um etwas zu stehlen. Sie streift durch das Kaufhaus, betrachtet Blusen, Kleider, Mäntel. Keine der Verkäuferinnen fragt sie nach ihren Wünschen. Sie entscheidet sich für eine knallrote Kittelschürze aus Dederon, alle anderen Kleidungsstücke findet sie noch hässlicher.

Als Elvira die Tür öffnet, legt sie den Finger auf den Mund, bedeutet ihr leise zu sein. Ihre Mutter ist krank. Im Wohnzimmer sitzt Elviras Vater im Sessel, das Radio läuft. Er bietet ihr eine Tasse Kaffee an. Sie trinkt sonst nur Malzkaffee und ist überrascht vom bitteren Geschmack. Sie deutet auf das Foto an der Wand, das einen Mann mit nacktem, schmutzigem Oberkörper und schwarz verschmiertem Gesicht zeigt.

Wer ist das, fragt sie.

Elviras Vater nimmt die Brille ab und beginnt, einen Vortrag über Adolf Hennecke zu halten, Aktivist der ersten Stunde, der seine Arbeitsnorm selbst überboten hat. Es verwundert sie, wie ernsthaft er ihre Frage beantwortet, und weil sie spürt, dass ihm ihre Neugierde gefällt, stellt sie weitere Fragen. Doch dann wird sie das Gefühl nicht los, dass er redet, als müsse er sich selbst von seinen Worten überzeugen, seine Stimme klingt wie die eines Politikers im Radio. Mitten im Satz hält er inne, macht eine Handbewegung, als wolle er etwas vom Tisch wischen, und setzt die Brille wieder auf. Natürlich kennt sie den Namen Adolf Hennecke. Von wegen Vorbild für alle, über ihn werden Witze gerissen, weil er die Norm gebrochen und die Kumpels verraten hat; wenn es einen kräftigen Regen gibt, sagen die Erwachsenen, es gießt wie Hennecke.

Die knallrote Schürze nimmt sie wieder mit nach Hause und schneidert daraus Kleider für ihre Puppen.

Die Mutter erlaubt ihr nur selten, nach der Schule auf die Straße zu gehen, und noch nie durfte sie Besuch bei sich zu Hause empfangen. Ihre Mutter arbeitet im Schichtdienst als Kellnerin in der Mitropa-Gaststätte im Hauptbahnhof und liegt oft noch im Bett, wenn sie aus der Schule zurückkommt. Obwohl sie leise durch den Flur schleicht, ertönen sofort Rufe, die ihr gelten. Seit einigen Wochen ist die Mutter ständig außer sich, ihr Bauch sieht eindeutig größer aus. Die Mutter spricht mit ihr kein Wort darüber, und sie wagt nicht zu fragen. In den Augen der Mutter kann sie nichts richtig machen, blindlings schlägt sie auf ihre Tochter ein. Ihr Stubenarrest wird immer länger, zuerst waren es Tage und Wochen, doch dann hat die Mutter den Überblick verloren und gesagt, bis zum Herbst, bis der erste Schnee fällt, das ganze nächste Jahr muss sie drinnen bleiben.

Sie bittet Elvira, nach der Schule eine Weile vor ihrer Wohnungstür zu warten, bis sich die Mutter wieder beruhigt hat. Sie fühlt sich stärker, weniger allein, und die Schläge schmerzen nicht so, wenn die Freundin ihre Schreie hört.

5

Sie hört ein Lachen, als sie die Wohnungstür öffnet, ein dunkles Männerlachen, und bevor sie die Küche betritt, fragt sie sich, ob dies ein gutes oder ein schlechtes Zeichen ist. Am Tisch sitzt ein Mann neben der Mutter, schwarzhaarig, mit dunklen Brauen, seine Schultern sind schmal, ein wenig nach vorn gezogen. Die Füße ihrer Mutter liegen auf seinem Schoß, er hat eine Hand um ihre nackten Knöchel gelegt. Vor ihnen stehen eine Weinflasche und zwei Gläser.

Der Mann starrt sie an. Ist sie das, fragt er.

Das ist deine Tochter, antwortet die Mutter mit gepresster Stimme und nimmt die Füße von seinem Schoß.

Komm her, sagt der Mann, der ihr Vater sein soll.

Er hat eine Fahne, denkt sie, als er sie umarmt, und da ist noch ein anderer, fremder Geruch.

Sie beantwortet seine Fragen. An seinem Mittelfinger glänzen zwei Ringe, der Nagel an seinem linken kleinen Finger ist rot lackiert, Brusthaar kräuselt sich aus seinem weit geöffneten Hemd. Das soll ihr Vater sein? Er hat sich wieder der Mutter zugewandt, und es sieht so aus, als lausche sie seinen Worten mit Bewunderung.

Später holt sie ihren Bruder vom Kindergarten ab. Er regt sich auf, als sie ihm von dem Mann in der Küche erzählt, der vielleicht auch sein Vater ist. Doch das erweist sich als Irrtum.

Die Mutter stellt Alex vor, sie sagt: Es ist zwar nicht deiner, dafür hat er schöne Locken.

Der Mann sieht ihn kaum an.

Richtiges Engelshaar, sagt die Mutter. Alex steht stumm, nervös blinzelnd, vor ihm und scheint dem Heulen nah zu sein.

Der Mann lacht laut und zeigt seine gelben Zähne. Wir wollen feiern, sagt er, ich bin in Feierlaune.

Die Mutter gibt ihr Geld und schickt sie zu »Jahns Ruhe«. Der Wirt trägt ihr die Netze mit den Bierflaschen bis vor die Tür. Es wird schon dunkel, sie versucht sich vorzustellen, wie die Menschen hinter den erleuchteten Fenstern leben, doch heute gelingt es ihr nicht, zu viele Fragen gehen ihr durch den Kopf. Wird dieser Mann, der ihr Vater sein soll, bei ihnen wohnen? Werden sie eine Familie sein, zusammen an einem Tisch essen?

Der Vater hat Durst, großen Durst. Er hat das Bier schnell ausgetrunken. Sie geht an diesem Abend noch oft zu »Jahns Ruhe«, die Kneipe schließt erst lange nach Mitternacht. Bevor sie ins Bett darf, umarmt der Vater sie, will seine Tochter gar nicht mehr loslassen, doch ihr sind diese Zärtlichkeiten peinlich.

Seit der Vater bei ihnen wohnt, ist einiges anders geworden. Wenn sich die Mutter mit dem Vater streitet, was täglich geschieht, hat sie danach kaum noch die Kraft, um laut herumzuschreien oder ihre Kinder zu verprügeln. Es gibt Tage, da essen sie gemeinsam Abendbrot, sitzen wie eine Familie am Tisch. Wohl fühlt sie sich dabei nicht. Ständig nörgelt die Mutter herum. Sitzt gerade, sagt sie zu den Geschwistern, Hände auf den Tisch, nicht schmatzen, haltet den Mund.

Aus irgendeinem Grund nennt der Vater ihren Bruder Thusnelda Morgenröte. Sich selbst bezeichnet er als Mensch: Der Mensch ist heute nicht zum Scherzen aufgelegt, sagt er beispielsweise, oder: Habe ich als Mensch etwa nicht meine Ruhe verdient?

Dir hat es wohl die Sprache verschlagen, faucht die Mutter Alex an. Er hockt vor dem Bett, atmet durch einen alten Schnorchel und bewegt dabei den Oberkörper hin und her. Nimm das Ding aus dem Mund, sagt die Mutter und schlägt mit der Faust gegen die Wand. Ihr Bruder presst die Augen zusammen. Sie kennt dieses Gefühl: Er möchte unsichtbar sein. Sie betrachtet die Szene wie von weit weg, und obwohl sie Mitleid mit ihm hat, überwiegt doch die Erleichterung, dass diesmal das Zorngewitter nicht sie trifft.

Als sie in der Nacht aufwacht, sieht sie Alex am Fenster stehen. Sie ruft ihn, doch er reagiert nicht. Er starrt aus dem Fenster, ohne sie zu beachten. Als sie ihn am Ellbogen packt, stößt er einen Schrei aus. Sie hält ihm den Mund zu. Sei still, sagt sie, sonst wacht die Alte auf. Sei still, wiederholt sie und zieht ihren Bruder hinter sich her. Er folgt ihr, setzt sich auf die Bettkante, sein Gesicht ist bleich. Nachdem sie eine Weile auf ihn eingeredet hat, legt er sich hin. Sie schmiegt sich an ihn und horcht auf seine Atemzüge.

Die Mutter lacht, als sie ihr davon erzählt. Das hätte ich gern gesehen, sagt sie, so was Komisches. Sie betrachtet ihren Sohn erstaunt. Ein Mondsüchtiger, sagt die Mutter, ein echter Mondsüchtiger, und fährt ihm durch die Locken.

Sie hat sich für Mitternacht den Wecker gestellt. Aber diesmal steht Alex nicht am Fenster, er schläft tief und fest in seinem Bett. Sie setzt sich zu ihm, streicht über seinen Rücken. Sie erwartet etwas von dieser Nacht, spürt Unruhe in ihren Gliedern. Sie versucht ihren Bruder wachzurütteln.

Steh auf, sagt sie, du musst aufstehen. Als er endlich die Augen öffnet, sagt sie mit verstellter Stimme: Der Mond wartet auf dich. Du sollst zu ihm kommen.

Aber Alex versteht gar nichts. Er reibt sich die Augen, was ist denn, murmelt er, lass mich in Ruhe. Sie zwickt ihn leicht in den Arm. Du träumst, sagt sie, du bist in einem Traum. Sie streicht ihm eine Locke aus der Stirn und flüstert: Erhebe dich. Alex verschluckt sich beim Luftholen und schüttelt den Kopf.

Aufstehen, sagt sie und schnalzt mit der Zunge gegen den Gaumen.

Als er vor ihr steht, weiß sie selbst nicht, was sie von ihm will. Geh zum Fenster, sagt sie.

Alex stellt sich ans Fenster.

Sie betrachtet den Himmel. Kein Mond da heute, sagt sie. Von draußen ist das Quietschen der Straßenbahn zu hören. Sie fröstelt, und dann fällt ihr Blick auf den Nachttopf des Bruders. Sie denkt kurz nach. Dein Unterhemd ist schmutzig, sagt sie.

Er weigert sich, das Hemd in dem halb vollen Nachttopf zu waschen. Das ist Pisse, sagt er und schaut sie voller Ekel an.

Es passiert nicht in echt, ist nur ein Traum, sagt sie und versucht überzeugend zu klingen.

Er wendet seinen Kopf ab und hustet laut, während er das Unterhemd in den Nachttopf taucht. Zwischen zwei Atemstößen wringt er das Hemd aus und legt es ausgebreitet auf den Boden.

Es sieht sauberer aus, sagt sie anerkennend.

Alex taumelt müde ins Bett. Sie wartet, bis er eingeschlafen ist. Dann nimmt sie seinen Arm, der über die Bettkante hängt, und legt ihn aufs Laken.

Am nächsten Tag kann sie es kaum erwarten, der Mutter davon zu berichten. Die tut zuerst so, als habe sie nicht verstanden. Er hat was?

Sie erzählt die Geschichte noch einmal, erfindet verrückte Details. Er ist wieder schlafgewandelt, sagt sie, er hat die Arme ausgebreitet wie ein Vogel seine Flügel.

Die Mutter schnippt einen Krümel von ihrer Bluse. Dann ruft sie laut nach Alex. Du verdammter Bettnässer, sagt sie zu ihm, komm mir nicht mehr unter die Augen.

6

Sie hat sich schon lange in der Bücherei angemeldet; atemlos verschlingt sie *Der Graf von Monte Christo*. Sie möchte dieses Buch selbst besitzen, deshalb schreibt sie Kapitel für Kapitel in ein Heft ab. Sie schwört Rache für ihren Helden Edmond Dantès, der so schmählich um Liebe und Jugend betrogen wurde. Wäre sie Mercedes, die Braut des jungen Mannes, gewesen, niemals hätte sie sich von den heimtückischen Schurken täuschen lassen.

Aber noch kann sie ihre Bereitschaft zur Liebe nicht unter Beweis stellen. Kein Junge beachtet sie, und in der Klasse gibt es nur einen, der ihr gefällt. Uwe hat lange, dunkle Wimpern, seine Nase steht etwas schräg, in seiner Freizeit, so heißt es, macht er Judo. Er erscheint ihr auf eine kühne Art attraktiv. Doch Uwe ist längst an eine langhaarige Blonde vergeben. Einmal legt sie ihm heimlich ein Bonbon auf seinen Platz und beobachtet, wie er sich zuerst fragend umsieht, dann das Bonbon auswickelt und in den Mund steckt. Von da an versteckt sie Süßigkeiten in seinem Ranzen oder unter seiner Bank, und wenn er sie isst, fühlt sie sich mit ihm verbunden. Ich bin es, möchte sie ihm zurufen, doch nie schaut er in ihre Richtung.

Uwe hat einen Bruder, er ist eine Klasse unter ihr, und auch ihn findet sie schön. Als sie ihm einmal auf der Straße entgegenkommt, Alex an der Hand, erwidert er tatsächlich ihr schiefes Lächeln und bleibt stehen.

Du gehst mit meinem Bruder in eine Klasse, sagt er und fährt sich durch seinen Igelschnitt.

Sie nickt nur, atmet flach. Sie hört ihn weitersprechen, er scheint ihr eine Frage zu stellen, seine Nasenflügel blähen sich, sie sieht jede Sommersprosse auf seinem Gesicht. Schließlich begreift sie seine Frage. Wer ist das?, hat er gesagt und auf ihren Bruder gezeigt.

Thusnelda Morgenröte, antwortet sie übermütig und ist einem Glücksgefühl so nah wie nie.

Komischer Name, sagt er.

Sie kann ihm nur zustimmen und nickt, als wolle sie Sieger im Wettnicken werden.

In der Hofpause am nächsten Tag springt sie beim Gummitwist unkonzentriert und lässt das Gummi schnipsen. Doch als sie Uwes Bruder entdeckt, springt sie hoch und höher und verliert ihn dabei nicht aus den Augen. Auch beim Schulappell starrt sie ihn an, doch er scheint sie nicht zu bemerken.

Abends im Bett denkt sie sich Sätze aus, die sie ihm sagen wird. Sie schleicht sich ins Bad und betrachtet sich im Spiegel. Wenn sie ihrer Mutter glaubte, dann müsste sie der hässlichste Bastard unter der Sonne sein. Sie vergleicht sich mit anderen Mädchen, versucht sich vorzustellen, wie sie mit längeren Haaren aussähe, mit weniger abstehenden Ohren, doch das bringt nichts, sie hat einfach keine Ahnung, ob sie wirklich hässlich ist oder nicht.

Sie besitzt nur ein einziges Kleid, ein blaues Strickkleid, das vom vielen Tragen schon ganz ausgeleiert ist. Mit der Schere schneidet sie ein Loch in die Wolle und zieht an den Fäden, bis das Kleid sich unter ihren Händen auflöst. Sie hat vorausgesehen, was geschehen wird, und als die Mutter endlich von ihr ablässt, zwingt sie sich, unter Tränen zu lächeln. Denn als sie am Tag darauf in die Schule geht, trägt sie ein neues Kleid, und obwohl es ihr zu groß ist, betritt sie mit einem gewissen Stolz die Klasse.

Inzwischen hat sie den Namen von Uwes Bruder herausfinden können: Armin kommt von Arminius, das war ein Fürst und berühmter Krieger, sie hat es im Lexikon nachgeschlagen.

Eines Abends überrascht die Mutter Alex und sie mit einem Geschenk. In der Mitropa hat jemand eine Kasperpuppe vergessen. So ein Spielzeug haben sie noch nie gesehen, vielleicht kommt es sogar aus dem Westen. Der Kasperkopf sitzt an einem Holzstab in einer bunten, nach unten spitz zulaufenden Papptüte und kann heraus- und wieder hineingeschoben werden. Die halbe Nacht sitzt sie bei ihrem Bruder am Bett und versucht ihm das Spielzeug abzuschwatzen. Der Kasper kann nur einem gehören, sagt sie immer wieder, doch Alex beharrt auf seinem Vorschlag: Die Hälfte der Woche soll sie ihn haben, die andere Hälfte er. Drohungen helfen nicht, also gibt sie sich zum Schein zufrieden damit, aber nur unter der Bedingung, dass sie den Kasper zuerst bekommt.

Aufgeregt erwartet sie am nächsten Tag die Hofpause. Als sie Armin im Treppenhaus entdeckt, ruft sie ihn winkend zur Seite. Sie hält ihm den Kasper hin und sagt: Der ist für dich.

Er betrachtet die Kasperpuppe. Die ist lustig, sagt er und schiebt den Holzstab hoch und runter. Doch als er mit dem Geschenk einfach so verschwinden will, hält sie ihn am Arm fest. Können wir uns treffen?, sagt sie und fürchtet, dass er sie auslachen wird.

Morgen Nachmittag vor dem Kino, ruft er, während er die Treppen hinunterspringt, und bring deine Thusnelda mit.

Wann beginnt ein Nachmittag?, fragt sie sich. Sie steht seit zwölf Uhr mittags mit ihrem Bruder vor dem Kino. Die Hitze hat ihre Vorfreude gedämpft, sie starrt durch die schmutzblinde Scheibe, der Geruch von Fäulnis steigt ihr in die Nase. Sie erinnert sich an einen Film, den sie im Kino gesehen hat: *Chingachgook, die große Schlange*, mit Gojko Mitić als Indianer, und wie sie am Ende des Films einen Hass auf alle Weißen hatte. Sie überlegt kurz, ob sie es Armin erzählen soll. Worüber werden sie überhaupt miteinander reden? Der Platz vor dem Kino ist schattenlos, Fliegen und Wespen schwirren um eine überquellende Mülltonne, Unkraut wuchert aus dem brüchigen Asphalt, die Straßenbahn bewegt sich wie im Traum. Alex bläst die Samen einer Pusteblume in alle Richtungen. Schweiß prickelt auf ihrer Haut. Noch immer ist Armin nicht aufgetaucht. Sie kaut an den Nägeln und spürt, wie die Hoffnung sie verlässt. Ihr Bruder hat Durst und will in den Schatten. Während sie wortlos vor dem Kino ausharren, ist ihr, als wäre sie von tausend Schichten heißem Staub überzogen. Doch als Armin in seinen ausgebeulten kurzen Hosen auf sie zukommt, stört sie die Hitze nicht mehr, und sie lächelt ihm entgegen.

Wahnsinnshitze, murmelt er und reicht ihr die Hand, auf seiner Stirn stehen Schweißperlen, die sie berühren könnte, so nah ist sie ihm. Alex sitzt auf einer niedrigen Mauer und fächelt sich mit der Hand Luft zu. Armin hebt einen kleinen Stein auf, wirft ihn ihrem Bruder vor die Füße und ruft: He, schöne Thusnelda.

Plötzlich hört sie sich losplappern und kann nicht mehr aufhören. Sie erzählt Armin von Edmond Dantès, dem Grafen von Monte Christo, und sie übertreibt, als wäre der Graf ein guter alter Freund, der seine Geheimnisse mit ihr teilt. Armin reibt sich den Nacken, hört ihr zu, lacht sogar, das fetzt ein, sagt er, und sie fühlt sich, als würde sie ein paar Zentimeter vom Boden abheben.

Zuerst verfolgt Alex das Geschehen aus der Ferne, doch dann sieht sie aus den Augenwinkeln, wie er aufsteht und langsam näher kommt. Er stellt sich zwischen sie und Armin, zupft an ihrem Kleid und sagt: Ich habe

Durst. Sie tut so, als wäre er Luft, doch Armin legt sogleich seine Hand auf Alex' Schultern und sagt: Na, kleine Prinzessin.

Selbst als sie es schließlich begreift, sagt sie Armin nicht, dass die blond gelockte Prinzessin ihr Bruder und somit ein Junge ist. Sie sieht genau, wie es sein kann, wenn jemand einem anderen gefällt.

Kleine Thusnelda, kleine Prinzessin, sagt Armin immer wieder, streicht eine Locke aus Alex' Stirn und kringelt sie um seinen Finger. Thusnelda, Thusnelda, lustiger Name, sagt er mit flirrender Stimme, als würde er gleich zu singen beginnen. Ihr Bruder schweigt verwundert, doch sie merkt, dass es ihm nicht unrecht ist. Er starrt Armin mit einem scheuen Lächeln an und hält ganz still, als dieser ihn zum Abschied umarmt. Ich will euch bald wiedersehen, sagt Armin, ohne den Blick von Alex zu lassen. Ihr Herz hämmert, obwohl sie nichts weiter als die Kupplerin ihres Bruders ist. Doch dann spürt sie ihren Durst und die Müdigkeit in den Gliedern, sie fühlt sich schwach, die Luft riecht anders als sonst.

Alex aber möchte noch nicht nach Hause, er scheint hellwach, seine Augen leuchten. Er will noch ein Abenteuer erleben. Er bettelt, geht ihr auf die Nerven, und als sie endlich ihrem Lieblingsspiel zustimmt, ist sie erst nur halb bei der Sache. Doch schon bald lässt sie sich mitreißen, zwischen Auspuffgasen, Hupen und quietschenden Bremsen rast sie knapp vor den Autos über die Straße. Sie hört Alex übermütig kreischen, auch er bringt die Autofahrer in Rage, sie sind ein gutes

Team, der eine läuft von der linken, der andere von der rechten Straßenseite los, manchmal berühren sich ihre Hände in der Mitte. Doch dann quietschen Bremsen, und sie hört ein Heulen, das ihr vertraut und gleichzeitig fremd erscheint. Alex liegt vor einem gelben Trabant, und von überall kommen Menschen angelaufen. Der Fahrer steigt aus und schreit, dass ihm der Junge direkt ins Auto gerannt sei. Sie steht vor ihrem Bruder, ihre Füße sind wie festgewachsen, sie kann sich nicht rühren. Er liegt mit dem Gesicht nach unten, den Körper verdreht, einen Arm ausgestreckt und wimmert, sie sieht Blut in seinem Engelshaar.

7

Es sind Sommerferien. Alex sitzt mit seinem Schnorchel in der Ecke und atmet laut. Nach dem Unfall war er für kurze Zeit im Krankenhaus. Wegen seines gebrochenen Schlüsselbeins hat er einen Verband, der ihn verwachsen aussehen lässt. Sie betrachtet eine Fliege, die über ihren Arm spaziert. Sei still, sagt sie zu ihrem Bruder, psst. Sie hat das Gefühl, mit Alex stimmt überhaupt nichts mehr. Die Fliege schwirrt durchs Zimmer, macht einen kurzen Halt an der Fensterscheibe und landet abermals auf ihrem Arm. Ob Insekten sich dressieren lassen? Wenn sie sich langweilt, fallen ihr oft solche Fragen ein. Frieren Bäume im Winter? Können Ameisen traurig sein? Die Mückenstiche an ihren Beinen jucken, sie kratzt sich einen nach dem anderen blutig. Hör auf, faucht sie ihren Bruder an, sei endlich still. Am liebsten würde sie seinen Schnorchel aus dem Fenster werfen, doch dann würde er nur blöd herumheulen. Sie öffnet die Tür, auf dem Flur ist alles ruhig.

Die Mutter liegt noch im Bett, seit einigen Tagen führt sie sich wie eine Rasende auf, trommelt mit den Fäusten auf ihren dicken Bauch, schreit, dass sie diesen Bastard nicht haben will. Sie schlägt ihre Kinder, wenn ihr danach ist, gibt sich keine Mühe mehr, einen Grund zu erfinden, ihre Schwerfälligkeit macht sie noch zorniger. Der Vater kommt selten nach Hause, auch sein Gesichtsausdruck ist finster, er lacht nur, wenn er richtig betrunken ist, und sein Jähzorn hält stets Überraschungen bereit. Bei ihrem letzten gemeinsamen Abendessen hat er, eine Zigarette im Mundwinkel, aus heiterem Himmel eine ganze Leberwurst an die Wand geworfen.

Sie steht abwartend vor dem Bett der Mutter und horcht, um an den Atemzügen zu erkennen, ob sie aufbrausend oder ruhig reagieren wird, wenn sie sie anspricht. Leise fragt sie, ob sie runter dürfen. Sie wiederholt die Frage, diesmal lauter. Die Mutter rührt sich nicht. Sie probiert es noch lauter. Dürfen wir raus?, ruft sie. Als die Mutter kurz die Augen aufschlägt, murmelt sie nur: Verschwinde, lass mich in Ruhe. Das sagt sie fast immer, doch diesmal beschließt ihre Tochter, dass in diesen Worten eine gewisse Freiheit liegt.

Hinter dem Schwimmbad klettert sie mit Alex durch ein Loch im Zaun. Seit die Mutter nicht mehr arbeitet, kann sie ihr auch kein Geld mehr aus der Kellnertasche stehlen. Sie zieht sich um, rennt zum Becken und springt vom Dreimeterbrett. Ihr Bruder bleibt missmutig am Rand der Wiese unter einem Baum zurück, wegen seines Verbands darf er nicht ins Wasser. Ab und an sieht sie von Weitem nach ihm, darauf bedacht, dass er sie nicht bemerkt. Den Schnorchel im Mund, starrt er abwesend in die Luft. Sie springt immer wieder vom Dreimeterbrett, springt so lange, bis es in ihren Ohren klingelt. Als sie taucht, versucht sie eine Weile auf dem gefliesten Grund zu bleiben und sich flach mit dem Rücken an die Kacheln zu schmiegen. Sie beobachtet die Körper, die im Wasser über sie hinwegschwimmen, und stellt sich vor, sie würde oben schwimmen und sich unten liegen sehen.

Am Nachmittag steht sie mit blauen Lippen vor ihrem Bruder, hüpft auf und ab. Alex hat immer noch seinen Schnorchel im Mund, reagiert nicht auf ihre Fragen. Vielleicht ist er krank, ernsthaft krank. Sein linkes Augenlid zuckt, er reibt ständig die Finger aneinander, und er hat sich angewöhnt, ruckartig seinen Mund aufzureißen, bevor er spricht, als ob er die ganze Welt verschlucken wollte. Sie spürt Mitleid, wenn er seine Ticks abzieht, neuerdings schlägt er auch noch mit den Füßen aus, einem Esel ähnlich oder, wie ihre Mutter meint, einem kranken Stück Scheiße.

Er hat Angst, nach Hause zu gehen. Doch diesmal konzentriert sich der Zorn der Mutter ganz auf die Tochter. Nachdem sie ihre Abreibung erhalten hat, muss Alex sie in den Keller bringen. Sie atmet auf, als er hinter ihr abschließt, nimmt den vertrauten Geruch nach Kohlenstaub und feuchten Mauern wahr. Hier muss sie niemandem zuliebe etwas tun, was sie nicht will.

Ein Lichtstrahl fällt durch den Spalt der Fensterluke, sie steigt auf den Kohlehaufen, um nach draußen zu sehen. Der Spalt zeigt immer denselben Ausschnitt, den Bürgersteig, vom Wurzelgeflecht einer mächtigen Platane durchzogen, manchmal Schuhe mit halben Beinen, bis ans Knie. Sie geht durch den Raum, liest die von ihr in die Mauern geritzten Inschriften, kann sich schon nicht mehr entsinnen, was sie bedeuten, 7x34 zum Beispiel, eine Geheimzahl? Unter den Regalen mit dem Eingemachten steht ein alter Lederkoffer ihres Vaters, den Inhalt kennt sie beinahe auswendig: beschriebene Blätter, alte Magazine und Zeichnungen. Auf den Zeichnungen sind nackte Frauen in verschiedenen Posen zu sehen, durchaus gekonnt dargestellt, findet sie, aber mehr noch interessieren sie die Kriminalgeschichten, die ihr Vater mit grüner Tinte aufgeschrieben hat. Ein Inspektor Bachulke deckt im Alleingang einen Bankraub auf, und an den markigen Sprüchen erkennt sie ihren Vater wieder. Es rührt sie, dass er davon träumt, ein Held zu sein, doch sie ahnt auch, dass er niemals ein richtiges Buch schreiben wird. Sie kann die Gründe dafür nicht genau benennen, aber sie ist sich sicher, er wird niemals etwas zu Ende bringen. Neben dem Koffer befindet sich ein großer Bücherstapel, ihr liebster Schatz in diesem Keller. Es sind alte Bände von *Brehms Tierleben*, mit bunten, wunderschönen Abbildungen von Insekten, Säugetieren, Fischen, Vögeln und Kriechtieren. Sie nimmt den Band über die Vielfüßler, Insekten und Spinnenkerfe, hockt sich vor den Lichtstrahl und blättert vorsichtig die Seiten um. Sie bestaunt die Baukunst der Termiten, steile, hügelförmige Erdbauten, die drei Meter Höhe erreichen können;

widerwillig und doch fasziniert betrachtet sie die schwarz glänzenden Aaskäfer bei der Arbeit, begleitet die Skorpionsfliege auf ihrem ersten Flug. Wenn sie die Augen zusammenkneift und lange genug ein Bild anschaut, dann lösen sich die Tiere aus den Buchseiten. Eine Feldgrille springt unter ihrem Fuß hervor, ein Wasserspringschwänzchen trifft den lichtscheuen Japyx, mit lautem Gesumme erhebt sich der mächtige Goliathkäfer in die Luft, seine Flügel leuchten goldgrün, er gilt bei Sammlern als große Seltenheit. Seidenspinner bedecken die Kellerwand, eine Eintagsfliege sucht nach Wasser, während mehrere Kornmotten nach Getreide ausschwärmen. Die Familie der Spinnentiere überblättert sie vorsichtshalber, sie fürchtet sich nicht vor Mäusen, Ratten oder Schlangen, doch schon der Gedanke an eine Spinne erfüllt sie mit Ekel.

Im vergangenen Winter verharrte eine Ratte Ewigkeiten vor ihren Füßen, und sie konnte in Ruhe überprüfen, was sie vorher gelesen hatte. Das Fell der Ratte ist am ganzen Körper dunkel, fast schwarz gefärbt, das Tier erreicht eine Gesamtlänge von fünfunddreißig Zentimetern, der Schwanz zählt bis zu zweihundertsiebzig Schuppenringe – das allerdings konnte sie nicht erkennen, denn als sie laut zu zählen begann, huschte die Ratte davon.

Das Licht im Keller wird blasser. Sie sieht kaum noch die Blumen auf ihrer blauen Dederonschürze. Regentropfen treffen auf die spaltbreit geöffnete Luke. Der Geruch des Regens nach einem heißen Sommertag löst in ihr ein Gefühl von Freude und Traurigkeit zugleich aus. Sie stellt sich vor, wie es wäre, tot zu sein. Es ist ihr wichtig, dass jemand um sie trauert. Außer ihrer Freundin Elvira und ihrem Bruder fällt ihr niemand ein, der um sie trauern würde. Es gelingt ihr nicht, sich vorzustellen, dass sie sich einfach auflösen wird, denn sie ist überzeugt davon, dass alles, was auf dieser Welt geschieht, etwas mit ihr zu tun hat; die Luft, die sie atmet und dic sic umgibt, ist nur da, weil es sie gibt, würde sie nicht atmen, gäbe es auch keine Luft. Früher hat sie jeden Abend vor dem Einschlafen gebetet, inzwischen aber ist ihr der Glaube an Gott genauso fern wie der Tod.

Der Regen hat sich auf ein Nieseln eingependelt, es muss früh morgens sein, denn die Milch wird ausgeliefert. Sie hört die scheppernden Geräusche und die Stimmen der Männer, sie rollt sich auf dem Schlitten zusammen und denkt an ihr Lieblingsmärchen, in dem das kluge Gretel zwei gebratene Hühner verspeist.

Der Tag ist längst angebrochen, als Alex die Tür aufschließt. Sie hat gute Laune, sagt er und reibt sich mit der Hand über den Mund.

Die Mutter sitzt rauchend am Küchentisch, das ungewaschene Haar hängt ihr in die Stirn. Obwohl sie mürrisch aussieht, scheint sie guter Dinge zu sein. Ihre Tochter darf sich Brote schmieren und Verdünnungssaft trinken, doch sie weiß, dieser Zustand ist zerbrechlich wie Glas, also bleibt sie auf der Hut. Ihr Bruder aber ist eifrig bemüht, der Mutter zu gefallen, er versucht sie linkisch zu umarmen, trinkt aus ihrem Weinglas, schüttelt sich prustend und schneidet Grimassen. Sie spürt genau, wie es der Mutter langsam zu viel wird. Sie möchte Alex warnen, doch sie ist gebannt von seinem blinden, zitternden Eifer, sie fragt sich, wie dieser Anfall von guter Laune bei ihrer Mutter enden wird, denn schon sacken deren Mundwinkel herunter. Doch dann huscht ein Lächeln über das Gesicht der Mutter.

Wir spielen ein Spiel, sagt die Mutter, und Alex bricht sofort in übertriebene Heiterkeit aus, klatscht in die Hände. Er soll eine Peperoni essen und dafür fünfzig Pfennig bekommen. Sie hat noch nie eine so kleine, rot glänzende Schote gesehen. Vor der Mutter liegt eine ganze Tüte, die sie wahrscheinlich aus der Mitropa mitgebracht hat.

Fünfzig Pfennig, wiederholt die Mutter, und etwas in der Stimme macht sie stutzig, doch da hat ihr Bruder schon in die Schote gebissen, er kaut, schluckt, beginnt zu schreien und rennt zum Wasserhahn, hüpft durch die Küche, hochrot im Gesicht, wedelt wild mit den Händen, als wolle er einen Schwarm Wespen verscheuchen, streckt ungläubig die Zunge heraus und japst nach Luft. Die Mutter brüllt vor Lachen, und sie stimmt ein, obwohl sie ahnt, dass sie die Nächste sein wird. Nach einer Weile verstummt ihr Bruder, bricht in Tränen aus und verbirgt das Gesicht hinter den vorgehaltenen Händen.

Sie meint zu wissen, was sie erwartet, als sie in die Schote beißt, doch auf diesen Schmerz ist sie nicht vorbereitet. Sie führt den gleichen Tanz wie ihr Bruder auf, und noch lange danach fühlt sich ihre Kehle wund an.

Sie hat das Gefühl, die Stunden wären einzementiert, die Zeiger der Küchenuhr bewegen sich kaum vom Fleck. Die Mutter trinkt, raucht verdrossen eine Zigarette nach der anderen, gibt scharfe Seufzer von sich, ihre Brauen liegen wie zwei schattige Balken über ihrem Gesicht. Meine Augen tun weh, sagt sie mit träger Stimme.

Die Tochter spürt den Blick der Mutter, der durch sie hindurchgleitet, als wäre sie keine Person, sondern ein weit entfernter Ort. Alex steht bewegungslos da, stumm wie ein Fisch, eine Schollenlarve, denkt sie, die noch unfertig in aufrechter Haltung schwimmt, und die Mutter ist ein Zitterwels, der, wenn man ihn berührt, elektrische Schläge austeilt. Sie befürchtet, dass die Stimmung kippt, deshalb schlägt sie ein anderes Spiel vor. Sie erklärt es der Mutter leise, dann schreiben sie gemeinsam einen Einkaufszettel für Alex, auf dem die irrwitzigsten Dinge stehen. Wenn er im Konsum den Zettel vorzeigt, wird die Verkäuferin auf der Wunschliste Sachen lesen, die es nie oder sehr selten zu kaufen gibt: Aal, Ölsardinen, Erdbeeren, Pfirsiche, Gurken, Tomaten.

Inzwischen klingt die Stimme der Mutter verschwommen. Ihre Tochter wartet darauf, dass sie zu lallen beginnt, dann bringt sie die betrunkene Frau ins Bett.

Am nächsten Tag geht die Mutter früh durch die Wohnung, reißt alle Fenster auf und hat eine Menge Aufgaben für die Geschwister parat: Küchenschränke ausräumen, wieder einräumen, den Boden kehren, wischen, die Treppen bohnern. Überall sieht sie Staub, sie selbst sitzt rauchend in der Küche und dirigiert ihre Kinder mit zackigen Sprüchen. Ihre Tochter kennt die Ausweglosigkeit eines solchen Tages, sie wird unweigerlich etwas falsch machen und dafür bestraft werden. Während Alex ängstlich und beflissen versucht, seine Aufgaben zu erfüllen, fordert sie die Mutter heraus. Sie verlangsamt ihre Bewegungen, wischt im Zeitlupentempo über die Schränke, dreht ihren Kopf zum Fenster, starrt scheinbar gleichmütig in die Krone der Kastanie draußen auf dem Hof; und während die Mutter auf sie einschlägt, muss sie an den mächtigen Goliathkäfer denken, sie stellt sich vor, sie hätte seine Flügel und könnte weit weg fliegen. Doch ihr Ziel hat sie erst erreicht, als die Mutter endlich brüllt: Verschwinde aus meiner Wohnung und lass dich nie wieder blicken.

8

Draußen brennt die Sonne gleißend hell. Sie trägt immer noch die blau geblümte Dederonschürze. Sie überlegt, was sie tun könnte. Ihr Büchereiausweis ist in der Wohnung, auch das Schwimmbad kommt ohne Badeanzug nicht in Frage, bei den Ferienspielen ist sie nicht angemeldet. Sie schlendert ziellos durch die Straßen, und als sie den Durst nicht mehr aushält, geht sie in den Konsum, steckt sich blitzschnell die Schürzentaschen voll mit Süßigkeiten, schnappt sich eine Flasche grüner Waldmeisterlimonade und verlässt rasch den Laden. Die Verkäuferin folgt ihr auf die Straße und ruft ihr laut hinterher – doch da rennt sie schon. Sie ist beim Langstreckenlauf die Schnellste in der Klasse, wenn die anderen nicht mehr können und nach Luft schnappen, fängt sie gerade erst richtig an. Ihre Beine bewegen sich wie von selbst, sie läuft über die Eisenbahnbrücke, einen schmalen Lehmweg entlang, der durch verkümmertes Gehölz in eine Kleingartenanlage führt. Dort bleibt sie stehen und schaut sich um. Sie kann nirgendwo einen Menschen entdecken, öffnet den Riegel einer kleinen hölzernen Tür und betritt einen Garten. Sie pflückt einen noch grünen Augustapfel und verspeist ihn samt dem Kerngehäuse. Auf einem anderen Grundstück plündert sie die Stachelbeerbüsche und entdeckt sogar ein Gewächshaus, in dem es allerdings nichts Essbares gibt. Sie findet ein Fahrrad, ein schweres Herrenrad, und als sie versucht, darauf zu fahren, erreicht sie kaum die Pedale. Sie wirft das Fahrrad in einen Graben, schlendert die Wege der Anlage entlang und bleibt an einer alten Wasserpumpe stehen. Sie betätigt den Hebel und trinkt, lässt sich den kalten Wasserstrahl übers Gesicht laufen. Als sie eine Gartentür öffnen will, taucht wie aus dem Nichts ein Hund auf, ein riesiges, dunkles Tier, das mit einem Satz an den Zaun springt. Die Augen des Hundes sind mit einem weißlichen Film überzogen, haben keine Pupillen, sein Knurren kommt tief aus der Kehle. Sie lässt sich von ihm beschnuppern und atmet gleichzeitig seinen Duft ein, nach Tier, Sommer, Unrat. Sie fürchtet sich nicht vor ihm, doch lässt sie ihn nicht aus den Augen, als sie über den Zaun klettert. Der Garten ist groß und verwahrlost, im hinteren Teil befindet sich eine Laube, vor der Hundehütte steht ein von Fliegen umschwirrter Plastiknapf, daneben eine halb volle Wasserschüssel. Sie schleicht durchs Gestrüpp, streift einen Brennnesselbusch und schreit kurz auf. Sie verharrt regungslos, doch alles bleibt still. Der Geruch nach verbranntem Holz liegt in der Luft, die Abendsonne wärmt ihren Nacken. Lautlos ist ihr der Hund gefolgt, sein langer buschiger Schwanz wedelt hin und her, klopft auf den Boden. Sie schließt die Augen, und es kommt ihr so vor, als würde alles ineinanderfließen, die im Licht flirrenden Staubteilchen, das Gesumm der Bienen, der Garten, der gar nicht wie ein Garten aussieht, sondern wie ein funkelnder Teppich, der sich gleich in die Luft erheben wird. Das Fenster der Laube ist verschlossen, doch die Tür lässt sich leicht öffnen. Ein Streifen Sonnenlicht fällt in den Raum, der Rest bleibt dunkel. Sie kann ein zerschlissenes Sofa erkennen, einen Tisch, zwei klapprige Stühle sind aneinandergelehnt, als wollten sie sich stützen. Sie spürt ihren hungrigen Magen und einen leicht schmerzenden Zahn. Als sie die Süßigkeiten aus ihrer Schürzentasche isst, bemüht sie sich, auf der schmerzfreien Seite zu kauen.

Sie legt sich auf das Sofa, der Hund springt zu ihr hoch, streckt wie selbstverständlich seine Vorderläufe aus und leckt ihr Gesicht ab. Während der Raum in Dunkelheit versinkt, schmiegt sie sich an das große Tier, unter ihrer Hand kann sie sein Herz spüren.

Als sie im Morgengrauen aus den Traumrändern auftaucht, ist sie zuerst verwundert über das haarige Geschöpf neben sich. Doch schnell erinnert sie ihr leerer Magen daran, wo sie sich befindet, auch ihr Zahn beginnt sacht zu klopfen.

Ich hab Hunger, sagt sie zu dem Hund, Hunger und Durst. Sie verabschiedet sich von ihm und klettert über den Zaun. Während sie durch die Kleingartenanlage läuft, kann sie am Horizont einen Blitz erkennen, sie zählt acht Sekunden, ehe das Donnergrollen folgt, und sie weiß, dass das Gewitter noch weit entfernt ist. Sie bleibt bei der Wasserpumpe stehen und trinkt. Dann läuft sie weiter, im leichten Dauerlauf, hält erst vor ihrem Haus wieder inne.

Sie stellt sich den schlafenden Alex hinter dem Fenster im dritten Stock vor, sie möchte nicht mit ihm tauschen, sie möchte überhaupt mit niemandem tauschen, obwohl sie sich so viele Dinge wünscht, die die anderen besitzen. Sie betrachtet die Auslage im Bäckerladen, dann schleicht sie in den Hof, wo die Kuchenbleche zum Abkühlen stehen. Eierschecke ist ihr Lieblingskuchen. Sie horcht auf die Geräusche, die von unten aus der Backstube dringen, und während sie die noch warme Eierschecke herunterschlingt, nimmt sie schon das nächste Stück vom Blech. Danach lässt sie sich durch die Straßen treiben. Als die Geschäfte öffnen, streift sie eine zeitlang im Kaufhaus umher. Später zieht sie durch die Häuser, klingelt an Wohnungstüren und fragt nach Flaschen, Gläsern oder Altpapier. Ihre Beute schleppt sie zum Altstoffhandel. Im Laden riecht es nach Alkohol und vergorenen Obstsäften. Ihr Zeitungsbündel wiegt knapp vier Kilo, zusammen mit den Flaschen kassiert sie zwei Mark, und als Beigabe bekommt sie Abziehbilder geschenkt. Mit der Straßenbahn fährt sie zum Bahnhof und geht dort ins Zeitkino. In der Wochenschau gibt es eine Reportage über die NVA, die sie dreimal über sich ergehen lässt, nur um genauso oft Laurel und Hardy sehen zu können, Dick und Doof, die zwei stellen sich dumm und dümmer und kommen damit doch ganz gut über die Runden. Als sie das Kino verlässt, erscheinen ihr die Menschen um sie herum ganz fremd. Sie würde sich gern Laurel und Hardy als Dritte im Bund anschließen und überlegt, welchen verrückten Quatsch sie gemeinsam anstellen könnten. Vor einem Schaufenster bleibt sie stehen und bläst die Backen auf, täuscht ein Stolpern vor, doch niemand beachtet sie. Dann sieht sie in der Ferne zwei Polizisten und entfernt sich unauffällig. In der Bahnhofstoilette wäscht sie sich das Gesicht, trinkt aus ihren hohlen Händen und beschließt, in den Zoo zu gehen.

Sie zwängt sich durch einen Riss im Maschendraht, kriecht an einem Abfallhaufen vorbei, der einen beißenden Geruch verströmt, überall wuchert hohes Gras und Unkraut. Das Nilpferd erinnert sie an die Mutter von Elvira, der traurig in der Ecke hockende Makake ähnelt ihrem Bruder, der Panther ihrem Vater, Armin ist der junge Hirsch, nur für ihre Mutter findet sie kein passendes Tier, sie selbst fühlt sich dem Kolkraben verwandt.

Ein Löwe dreht seinen Kopf in ihre Richtung, starrt sie durch die Gitterstäbe an, und sie starrt zurück, versinkt im Glanz seiner Pupillen; sie möchte ihn mit ihrem Blick bezwingen, möchte so stark sein, dass er ihr folgt, zu ihrer Mutter, in die Schule, zu Armin, doch er gähnt nur und zeigt ihr seine großen, spitzen Zähne. Sie wünscht sich, ihn aus der Ruhe zu bringen, steigt über das Geländer, nimmt einen Stock, tritt nahe an den Käfig. Sie verspürt eine ungestüme Lust, das Tier herauszufordern, und fährt mit dem Stock über die Gitterstäbe, gibt knurrende, fauchende Geräusche von sich. Sie rennt um den Käfig, bleckt die Zähne, versucht den Löwen zu reizen, der aber kneift nur die Augen zusammen und wendet sich ab. Doch sie kann nicht aufhören, sie jagt weiter um den Käfig, wie getrieben schlagen ihre Sandalen auf den trockenen Sand. Erst als eine Gruppe von Kindern sich dem Raubtierkäfig nähert, bleibt sie stehen, spürt ihr Herz bis zum Hals und weiß nicht, wohin mit sich.

Sie sucht ihr Nachtquartier diesmal in einem Mietshaus und versteckt sich auf dem Dachboden. Die Hitze knistert noch im Gebälk, ihr Magen knurrt, sie stellt sich eine große Scheibe Brot vor, mit Leberwurst und Senf bestrichen. Noch ist es nicht richtig dunkel, überall sind Spinnweben, sie schleicht über die angeschimmelten Bodenbretter voller toter Insekten und setzt sich im Treppenhaus auf die oberste Stufe. Die Lichtuhr klickt, Radiogedudel und Kinderstimmen dringen zu ihr; sie versucht die Geräusche auszublenden, wenn jemand eine halbe Treppe tiefer auf die Toilette geht. Nach und nach wird es stiller, nur aus dem Erdgeschoss klingen die Misstöne einer Blockflöte. Sie geht leise die Stufen zum nächsten Stockwerk herunter und bettet ihren Kopf auf den Fußabtreter vor einer Wohnungstür. Lange kann sie nicht einschlafen; wenn sie sich umdreht, treffen ihre Hüftknochen auf den harten Holzboden, und das Pochen in ihrem Zahn wird schmerzhafter.

Getuschel dringt in ihr Bewusstsein, und als sie die Augen aufschlägt, weiß sie zuerst nicht, wo sie ist. Sie sieht Füße vor sich, nackte Kinderfüße und Füße von jemand Größerem. Mit einem Ruck richtet sie sich auf, zwei kleine Rotznasen an den Händen ihrer Mutter betrachten sie, als wäre sie eine Außerirdische. Ein Mann geht an ihnen vorbei, läuft schnell die Treppen herunter. Er wird die Polizei holen, denkt sie, doch es ist ihr egal, ihre Knie sind weich vor Hunger. In der Küche erzählt sie ihre Geschichte von der bösen Mutter. Diese Geschichte macht Eindruck, sie bekommt eine Portion Mitleid und ein richtiges Frühstück.

Ein Polizist begleitet sie nach Hause. Während sie versucht, seinen großen Schritten zu folgen, bringt er ein Argument nach dem anderen vor, warum es sich nicht lohne, auszureißen. Sie wäre doch ein vernünftiges Kind, sagt er, jedenfalls sei das sein Eindruck.

Alles Lügen, sagt die Mutter, als er ihre Geschichte erzählt. Die faule Tochter, die stiehlt und den Bruder unters Auto getrieben hat, das ist ihre Version, die sie mit einem klagenden Ton unterstreicht.

Sie weiß nicht, wem der Polizist glaubt, sie betrachtet nur die hervortretende Ader an der Schläfe der Mutter. Als er sich verabschiedet, ermahnt er sowohl Mutter wie Tochter, sich zu vertragen.

Sie geht in ihr Zimmer und erwartet ihre Strafe. Nach einer Weile kommt Alex. Sie schläft, sagt er und reißt seinen Mund weit auf; er sieht sie an, reißt seinen Mund wieder auf.

Was ist los mit dir?, sagt sie.

Er blinzelt nervös, als hätte er Sandkörner im Auge.

Was ist denn?, wiederholt sie.

Alex zuckt mit den Achseln, knabbert an seinen Fingernägeln und starrt aus dem Fenster.

Bist du sauer, weil ich abgehauen bin?

Sein Mund steht weit offen.

Das nervt, sagt sie und äfft ihn nach, schnappt nach Luft wie ein Fisch. Sie überlegt, ob ihr Bruder schon immer so ein Grimassenschneider war, und betrachtet ihn genauer. Er reibt sich mit der flachen Hand über die Beine, seine Locken hängen ihm ins Gesicht, überhaupt sieht er komisch aus mit seinem blöden Buckel.

He, sagt sie, dein Auge zuckt. Sie starrt fasziniert auf das linke Auge ihres Bruders, das von mehreren elektrischen Schlägen getroffen zu werden scheint.

Lass mich in Ruhe, sagt Alex, dreht sich weg, steckt seinen Schnorchel in den Mund.

Sie empfindet kein Mitleid mit ihm, dafür ist sie zu sehr auf dem Sprung, und doch möchte sie nicht, dass ihr Bruder so ist, wie er ist. Er leistet niemandem Widerstand.

Am Nachmittag wird ihrem Stubenarrest ein weiteres Jahr hinzugefügt. Sie lächelt vor Erleichterung und spürt, dass sich hinter dieser Strafe eine Schwäche verbirgt.

Die Mutter sitzt im Bett, hat ihre Augen mit der Hand abgedeckt, als blende sie das Sonnenlicht, dabei sind die Gardinen zugezogen.

Mir geht's schlecht, sagt die Mutter, massier mich. Ein Speichelfaden zieht sich von ihrer Unterlippe langsam auf den riesigen Bauch.

Sie kann sich nicht vorstellen, dass da drinnen ein Kind sein soll. Während sie vorsichtig die Kopfhaut massiert, beginnt jäh und grell ihr Zahn zu hämmern, und diesmal ist der Schmerz kaum zu ertragen. Sie atmet geräuschvoll zwischen den Zähnen aus. Der Schmerz erfasst den ganzen Kopf und nimmt ihr den Atem. Sie schnappt nach Luft, heult los und kann nichts dagegen tun, sie steht einfach nur da, umklammert ihr Gesicht mit beiden Händen und brüllt, mein Zahn, mein Zahn; nur flüchtig nimmt sie wahr, wie die Mutter das Zimmer verlässt.

Sie ist die Einzige in der Klasse, die sich den Kontrolluntersuchungen entzieht, immer, wenn der Zahnarzt in die Schule kommt, schafft sie es zu verschwinden. Die Vorstellung der Torturen, die er ihr zufügen könnte, ist für sie viel schlimmer als der Zahnschmerz. Nein, sie wird niemals zum Zahnarzt gehen, auch dann nicht, wenn sie nur noch verfaulte Zahnstümpfe im Mund hat.

Ihr Bruder steht plötzlich vor ihr, mit einer Schnapsflasche in der Hand. Er hat den Auftrag, sie in den Keller zu bringen. Dort soll sie den Schnaps trinken, dann würde der Schmerz verschwinden.

Der erste Schluck schmeckt scheußlich, wie Medizin, doch schon der zweite nimmt ihrem Schmerz die Spitze. Winzige Schlucke umspülen ihr Zahnfleisch, Wärme breitet sich in ihrem Innern aus, die Knie werden weich. Ihr Körper fällt in eine wohltuende Taubheit, das quälende Hämmern im Kopf weicht einem Schluckauf, der in ihren Ohren widerhallt.

Sie erwacht von dem Geräusch des Windes, der gegen die offene Fensterluke peitscht, und weiß nicht, ob es morgens oder abends ist. Als sie sich mühsam vom Boden erhebt, steigt ihr ein Brechreiz in die Kehle. Die Luft rollt mit schwerem Gewicht über sie hinweg, der Zahnschmerz ist verschwunden, doch jemand scheint ihren Kopf in eine Schraubzwinge gepresst zu haben, und übel ist ihr, so übel. Mit geschlossenen Augen beugt sie sich über den Kohlehaufen und kotzt sich die Seele aus dem Leib – ihre Seele riecht säuerlich, schmeckt bitter wie Galle und ist nur noch durch einen Speichelfaden mit ihrem Inneren verbunden. Sie kommt sich riesig vor, wie aufgeblasen, die Füße vor ihr scheinen nicht ihre eigenen zu sein. Eine Stimme dringt zu ihr, sie schafft es, die Augen zu öffnen. Die Stimme ihres Bruders ist lauter, als sie sein sollte. Nach einer Weile begreift sie, was er ihr sagen will: Die Mutter ist im Krankenhaus.

Sie ist weg, wiederholt Alex, weg.

Undeutlich nimmt sie wahr, dass er weint.

Sie kommt wieder, sagt sie und hofft, es wäre nicht so. Sie hat Durst, großen Durst.

Wird sie sterben?, sagt Alex.

Sie schüttelt den Kopf, doch es ist ihr egal. Sie kann es kaum erwarten, ihren Kopf unter den Wasserhahn zu halten, noch nie hat sie einen solchen Durst verspürt.

9

Seit der Fehlgeburt der Mutter ist ihr Vater wieder häufiger bei ihnen. Er versucht sogar einmal zu kochen, doch die Bohnen auf dem Herd werden einfach nicht weich. Sie wird jeden Abend in die Kneipe geschickt, um den Nachschub an Bier zu sichern. Ihr Vater erzählt Geschichten, die sie bald auswendig kennt, was für ein guter Sportler er war, neun Sekunden für 60 Meter, und das mit fünfzehn Jahren, sie erfährt alle Einzelheiten über seinen ersten Rausch und über die Kriegsverletzung seines Großvaters. Die Mutter verlässt kaum das Bett.

Oft sind es schon früh morgens über dreißig Grad. Ihr kommt es so vor, als würden sich die Dinge um sie herum auflösen. Als sie die Treppen bohnert, scheint sie an den Stufen festzukleben. Während sie den Bohnerbesen über die Treppenstufen wuchtet, versinkt sie in ihren Tagtraum, geht in einer kühleren Luft durch den Wald, beginnt zu laufen, läuft, ohne sich umzudrehen.

Sie hat aus einem der lauten Selbstgespräche der Mutter erfahren, dass sie Zwillinge verloren hat, einen Jungen und ein Mädchen, mit einer klagenden Stimme ruft sie immer wieder nach ihren Babys. Sie versteht diesen Schmerz nicht. War es nicht das, was sie wollte? Es ist verwirrend, denn die Trauerrufe klingen echt, und schließlich begreift sie, dass die Mutter um sich selbst weint.

Dann ist von einem Tag auf den anderen wieder alles beim Alten, mit einem eisigen Hauch öffnet sich die Schlafzimmertür, und die Mutter inspiziert mit wütender Kraft die Wohnung, reißt die Fenster auf, erteilt Befehle.

Die Nacht vor dem ersten Schultag nach den Ferien scheint kaum zu vergehen. Sie gibt sich das Versprechen, eine gute Schülerin zu sein, freut sich darauf, die erste Seite eines neuen Heftes vollzuschreiben, sie verspürt den Ehrgeiz, ein wertvolles Mitglied der Gesellschaft zu werden, vielleicht wird sie sogar freiwillig den Posten der Milchkassiererin übernehmen.

Sie holt Elvira vor dem Unterricht ab. Elviras Mutter ist noch dicker geworden, ihr Atem geht schwer, sie kommt nur noch seitlich durch die Tür. Sie kann sich nicht vorstellen, dass Elviras Mutter jemals ein junges Mädchen war, auch ihre Mutter kann sie sich nicht als junges Mädchen vorstellen. Wenn sie Fotos aus dieser Zeit betrachtet, ist ihr das auf eine merkwürdige Art peinlich, und besonders verstörend findet sie die Kinderbilder, auf denen ihre Mutter blond gelockt in einer

Blechbadewanne planscht, ein pausbäckiges Mädchen mit einem verblüfften Lächeln im Gesicht.

Sie haben einen neuen Klassenlehrer, Herrn Baum, einen kleinen, durchtrainierten Mann, der nicht lange zu fackeln scheint. Schon in der zweiten Stunde fliegt sein Schlüsselbund in die hinterste Bankreihe und trifft den Störenfried am Kopf. Sie empfindet ein süßes Frösteln, weil nicht sie gemeint ist; der neue Klassenlehrer weiß nichts über sie. Sie versucht, ein interessiertes Gesicht aufzusetzen, jedem seiner Worte zu folgen. Doch während sie sich noch eifrig meldet, bemerkt sie, dass die Klassenbesten ebenfalls bemüht sind, Herrn Baum zu gefallen, und sie weiß, es ist ein aussichtsloses Unterfangen, mit ihnen zu konkurrieren.

Sie sprechen darüber, wie sich die Schüler im Falle eines Atomkrieges verhalten sollen; die Angaben des Lehrers kommen ihr unklar vor: Sie sollen sich auf der Straße neben die Bordsteinkante legen, die Augen geschlossen halten und sich so lange in den Straßenstaub pressen, bis alles vorbei ist. Wie kommen sie so schnell auf die Straße? Oder wird der Abwurf der Atombombe etwa vorher angekündigt? Der Lehrer zuckt über ihre Fragen die Achseln und räumt ein, dass sie sich zur Not auch unter ihre Schultische legen könnten.

Obwohl sie sich anstrengen wollte, vergisst sie schon bald die Hausaufgaben, stört den Unterricht, erhält den ersten Tadel. Wenn sie morgens zu spät kommt, bleibt sie vor ihrem Klassenzimmer stehen, die Stimme des Lehrers dringt durch die Tür, und sie traut sich nicht hineinzugehen, sie wartet bis zur Pause oder schwänzt die Schule, streift den Rest des Tages durch die Stadt.

Es gibt eine blinde, alte Frau, der sie manchmal über die Straße hilft. Die Frau erkennt sie an ihrer Stimme, ach, du bist es, sagt sie und nimmt vertrauensvoll ihren Arm. Einmal wünscht sich die blinde Frau, dass sie ihr erzählt, was sie sieht. Sie schaut sich um und erblickt nichts, was ihr erzählenswert erscheint. Es ist nicht viel los, sagt sie, die Leute stehen Schlange vor dem Gemüseladen, drei russische Soldaten laufen hintereinander am Bäcker vorbei, vor dem Milchmann putzt ein Junge sein Fahrrad. Wo sind die Tauben?, sagt die blinde Frau, und sie führt die Alte in den Clara-Zetkin-Park. Sie setzen sich auf eine Bank. Sie betrachtet die Blinde und spürt Lust, ihr Blödsinn zu erzählen, dass der Himmel grün ist, Kürbisse an den Bäumen wachsen und Hunde vorbeifliegen. Doch sie ist sich nicht sicher, ob die alte Frau seit ihrer Geburt blind ist, und so beschränkt sie sich darauf, das, was sie sieht, auszuschmücken. Die Tauben haben rot lackierte Füße, sagt sie, und sie scheinen zu lachen, und tatsächlich, je länger sie die Tauben anstarrt, desto mehr meint sie, ein Lächeln in ihren Vogelgesichtern zu sehen.

Vielleicht sind es Lachtauben, sagt die blinde Frau verwundert, doch die leben in Afrika, nicht bei uns. Sie bewohnen wüstenartige Steppengebiete, das ist doch hier nicht der Fall, oder hat sich so viel verändert?

Sie versichert der Blinden, dass die Stadt immer noch eine Stadt ist, sie beschreibt ihr die Straßen und Häuser, bis sie bemerkt, dass die Frau neben ihr lacht: Aber Kindchen, das weiß ich doch.

Ich muss nach Hause, sagt sie, Abendessen, und außerdem übertragen Tauben Krankheiten. Die Blinde wendet sich ihr zu, und einen bestürzenden Augenblick lang fragt sie sich, ob die alte Frau nicht doch sehen kann. Sie verzieht das Gesicht zu einer Grimasse, dennoch starrt die Frau unbewegt durch sie hindurch, und ehe sie sich wegdrehen kann, streicht die Blinde ihr übers Haar.

Ich muss jetzt wirklich gehen, sagt sie und bemüht sich, entschlossen zu klingen. Was gibt es denn bei euch zum Abendessen?, sagt die alte Frau, und sie erfindet die außergewöhnlichsten Gerichte, und dazu gleich noch eine besorgte, liebende Mutter. Das ist schön für dich, Kindchen, sagt die Blinde, und während des Rückwegs lügt sie weiter das Blaue vom Himmel herab, sie kann gar nicht mehr aufhören. Atemlos berichtet sie von ihren guten Zensuren, ihrer Beliebtheit in der Schule, von den anstrengenden Patenschaften, die sie übernommen hat, und solange sie spricht, glaubt sie selbst daran. Sie weiß zwar, dass sie lügt, und doch gibt es einen Raum für Wahrheit in ihren Lügen. Träume und Wünsche sind nicht unwahr, nur weil sie Träume und Wünsche sind, ohne ihre Träume würde sie niemals das Haus im Wald bewohnen, und sie wüsste wahrhaftig keinen Grund, warum das Leben sonst einen Sinn haben sollte. Sie versucht der Blinden am Gesicht abzulesen, ob sie ihr glaubt, doch sie kann nichts erkennen. Die alte Frau hat kurzes, fettiges Haar, das oben auf dem Kopf absteht wie eine zerdrückte Krone, es könnte auch eine Zauberin sein oder eine Hexe, und vorsichtshalber spricht sie leiser. Beim Abschied nimmt die Blinde ihre Hand, sagt, es wird alles gut, Kindchen, und verschwindet wie eine ihrer zerrupften Tauben im Hauseingang.

Zu Hause erwartet sie eine Abreibung, eine, die sich gewaschen hat, denn ihre Mutter ist vor schlechter Laune außer sich. Sie erzählt ihr von der blinden Frau. Das interessiert mich einen Scheißdreck, schreit die Mutter, du mit deinen Lügen, und dann verteilt sie ihre Schläge wütend und unkontrolliert.

Es macht keinen Unterschied, ob sie lügt oder die Wahrheit sagt, denn die Mutter ist sowieso entschlossen, die Wahrheit aus ihr herauszuprügeln. Doch sie beharrt auf ihrer Unschuld, kann sich nicht vorstellen, etwas angestellt zu haben, was solchen Zorn hervorruft, steigert sich in ihre Ausreden hinein, bis sie selbst nicht mehr weiß, was richtig oder falsch ist. Die Mutter sagt, ihre Augen seien überall, alles würde sie bemerken, sogar wenn eine Fliege sich die Füße leckt, doch ihre Tochter hat längst eine Technik entwickelt, sich ihren prüfenden Blicken zu entziehen. Sie verschwindet in der Raserei der Mutter wie in einem Strudel, lässt sich nach unten auf den Grund sinken und ist einfach nicht mehr da, auch wenn es für die Mutter anders aussehen mag.

10

Ihr Vater sieht die Mutter an, als würde sie eine fremde Sprache sprechen. Sie werden es noch einmal miteinander versuchen, ein letztes Mal, wie schon so oft. Er hat seit zwei Tagen nichts getrunken, und seine Tochter merkt, wie schwer ihm das fällt. Er hat Mühe, sich eine Zigarette anzuzünden, so sehr zittern seine Hände. Die Worte scheinen sich ihm zu widersetzen, niemand versteht, was er sagen will, und ihre Mutter benimmt sich, als verschaffe seine Schwäche ihr einen Vorteil. Das ist ein Trick, höhnt sie, will an seinen Gesinnungswandel nicht glauben, nach ihren Worten bleibt ein Säufer immer ein Säufer. Die frühe Herbstsonne fällt hell durch das Fenster und zeigt erbarmungslos das hagere Gesicht ihres Vaters. Seine Augen glänzen wie im Fieber, er gleicht einem ruhelosen, in der Falle sitzenden Wolfsschakal.

Am Abend knallt die Tür ins Schloss. Er ist verschwunden und mit ihm auch die Perlenkette der Mutter. Doch das bemerkt die Mutter erst später und verflucht Gott, der sich doch vorher gnädig gezeigt und das Drecksvieh verjagt hatte. Gott muss für einiges herhalten, die Mutter fleht ihn an, erbittet Schutz vor all den Plagen, die sie heimsuchen, verlangt, dass Gott ihren Mann bestraft, den Drecksparasiten, der sich auf ihre Kosten ein fettes Leben macht. Die größte Strafe aber, die Gott ihr gesandt hat, sind ihre Kinder. Womit hab ich das verdient, o Gott, schreit sie nach Luft ringend. Ihre Tochter hat das Gefühl, gäbe es wirklich einen Gott, würde sie ihn mit diesem keifenden Geschrei in die Flucht treiben.

Am nächsten Morgen läuft ihr Vater wieder laut krakeelend durch die Wohnung; mit dem entrückten Blick eines Betrunkenen bleibt er vor seiner Tochter stehen, sein Zeigefinger kreist wild durch die Luft, und immer wieder sagt er: Ich als Mensch bitte um Ruhe. Irgendwann fällt er aufs Sofa und schläft sofort schnarchend ein.

Als sie aus der Schule kommt, sitzen die Mutter und der Vater fröhlich vor dem Fernseher. Sie muss in die Kneipe laufen, hin und her, und so viele Bierflaschen schleppen, wie sie tragen kann. Doch gegen Mitternacht spürt sie den aufsteigenden Groll im Zimmer. Die Stimmen ihrer Eltern werden mit jedem Wort gereizter, der Atem der Mutter klingt wild, du Versager, schreit sie, Bankrotteur, mieser, dreckiger Wurm, und ihre Tochter kneift schnell das linke Auge zusammen, dann das rechte, und schon liegt die Mutter auf dem

Boden, der Vater kniet über ihr und würgt sie, würgt die Mutter so sehr, bis ihre Augen hervortreten. Sie selbst kann sich nicht von der Stelle bewegen, betrachtet alles ganz genau; auch als die Mutter wieder Luft bekommt und um Hilfe ruft, kann sie sich nicht rühren, in ihr ist alles ganz still. Sie hat diese Prügeleien schon oft erlebt, und immer wartet sie, bis nur noch die zerrissenen Schluchzer der Mutter erklingen, die laut ins Schloss fallende Tür, die Schritte des Vaters auf der Treppe. Das Zimmer ist dann voller Schatten, sie sitzt neben der verprügelten Mutter, streichelt sie und hat Schuldgefühle, weil sie kein Mitleid mit ihr empfindet. Sie möchte nicht herzlos sein, doch während sie tröstende Worte murmelt, empfindet sie nichts, nicht einmal Angst.

Die Talente ihres Vaters sind vielfältig. Er kann zeichnen, schreiben, er schafft dreißig Bierflaschen an einem Abend, er kann lustige Geschichten erzählen, wenn ihm danach ist, und er scheint eine große Wirkung auf Frauen zu haben.

Als er wieder einmal seit Tagen verschwunden ist, schickt die Mutter sie los, um den Saufbold zu suchen, und sie soll sich nicht ohne ihn nach Hause wagen. Sie läuft bis zum Einbruch der Dämmerung durch die Straßen, klappert die Kneipen ab und findet ihn schließlich im Parkcafé. Er sitzt neben einer Frau, die ihre Hände über seine gelegt hat. Die Fingernägel der Frau sind rot lackiert, und ihr knallroter Mund ist wie ein Herz geformt. Der Vater bringt sie zum Lachen, und sie meint, ihr Lachen zu hören, ein perlendes Lachen, wie aus den alten Filmen, die Montagabend im Fernsehen laufen. Ihr fröstelt, es ist kühl und windig, doch sie kann den Blick nicht von ihrem Vater abwenden, er sieht anders aus als die anderen Männer im Café, abenteuerlicher. Er trägt ein grünes Hemd, das einem Armeehemd ähnelt, sein dunkles Haar ist von weißen Strähnen durchzogen, und als er das Bierglas austrinkt, bewegt sich sein Adamsapfel so heftig, als wolle er ihm aus dem Hals springen. Beim Reden wirft er die Arme in die Luft, und sie kann sich vorstellen, was er erzählt: Geschichten aus seinem Leben. Die Frau neben ihm zeigt sich beeindruckt, flüstert ihm etwas ins Ohr, und der Vater lächelt auf eine traurige Art, wie sie es noch nie bei ihm gesehen hat, und plötzlich ist sie beunruhigt. Wer ist dieser Mann, fragt sie sich, und was hat er mit ihr zu tun? Warum ist sie hier? Sie will nicht vor dem Fenster stehen und diesen Mann beobachten, doch was will sie dann? Am liebsten möchte sie ihr Leben mit zwei, drei großen Sprüngen hinter sich lassen und in einem ihr unbekannten Universum landen. Ein Windstoß fährt ihr in die Glieder, sie versucht das Frösteln abzuschütteln, geht zur Tür und betritt den Gastraum. Sie bewegt sich durch die abgestandene Luft, als müsse sie diese durchstoßen, bleibt vor dem Tisch stehen und wartet. Sie räuspert sich, spürt, wie sie rot wird. Obwohl der Vater sie längst bemerkt hat, spricht er weiter mit der Frau, als wäre seine Tochter gar nicht da. Die Frau beugt sich zu ihm, scheint ihm mit leiser Stimme eine Frage zu stellen, dann blickt sie zu ihr hoch. Er schüttelt den Kopf und winkt nach dem Kellner. Sie kommt sich vor, als wäre sie nackt und ihre Haut aus lauter Lügen zusammengesetzt, und sie wächst in ihre Scham hinein, akzeptiert, dass sie die Tochter dieses Mannes ist.

Vater, sagt sie und grinst.

Ihr Vater hebt seinen Arm, als müsse er etwas abwehren, dann schließt er die Hand und ballt sie zur Faust.

Es ist still geworden um sie herum. Ihr Vater lässt den Arm sinken und sagt: Na, sieh mal einer an. Doch statt seine Tochter mit einem Feuerwerk aus Flüchen zu bedenken, wie sie es erwartet hat, lächelt er, steht auf und bleibt leicht schwankend vor ihr stehen.

Gehen wir, sagt er leise und berührt mit seiner Hand ihren Ellenbogen.

Die Frau ruft ihnen etwas hinterher, doch es bringt ihren Vater nicht dazu, sich umzudrehen. Sie spürt Stolz in sich aufsteigen, diesmal hat sie es geschafft, er kommt mit ihr nach Hause. Auf der Straße stemmen sie sich gemeinsam gegen den Wind, ihr Vater seufzt, als hätten ihn die Worte im Stich gelassen. Er hält den Kopf gesenkt, sie hat sich bei ihm untergehakt. Vor ihrem Haus bleibt er stehen, sucht etwas in seinen Hosentaschen, dann setzt er ein besorgtes Gesicht auf.

Meine Brieftasche, flüstert er, hab meine Brieftasche, mein ganzes Geld im Café vergessen.

Ich hol es dir, flüstert sie, du kannst hier warten.

Nein, sagt er. Es ist zu spät.

Ich wäre ganz schnell wieder da, verspricht sie, mit einem Flehen in ihrer Stimme.

Er schlägt mit der flachen Hand gegen die Haustür, und ohne sie anzusehen, sagt er: Geh hoch, ich komme nach. Er versucht, mit einem Stoßseufzer seine Lüge abzumildern: Denkst du, mir macht das Spaß? Dann verschwindet er im Dunkel der Straße.

11

Sie ist beim Klauen erwischt worden. Beinahe hätte sie sich vor Schreck in die Hosen gemacht, als die Verkäuferin ihr an der Tür den Weg verstellte. Sie sieht noch immer deren triumphierendes Grinsen vor sich und ist froh, dass ihre Beute an diesem Tag nur aus einer Schachtel Bonbons bestanden hat. Sie bleibt bei ihrer Ausrede, dass sie nur vergessen habe, zu bezahlen, wer will ihr das Gegenteil beweisen – niemand kennt ihr Lager unter dem Bett, wo sie ihr anderes Diebesgut versteckt hält.

Als der Abschnittsbevollmächtigte in die Klasse kommt, ahnt sie, dass es ihretwegen ist. Während der Polizist einen Vortrag über sozialistisches Eigentum hält, überlegt sie sich ihre Strategie. Sie wird alles abstreiten. Sie versucht in dem Gesicht des Polizisten zu lesen, wie gut ihre Chancen stehen, damit durchzukommen. Als der Beifall verebbt ist, wird sie von ihrem Klassenlehrer nach vorn an die Tafel gerufen. Herr

Baum wiegt bedächtig den Kopf und spricht von einer persönlichen Enttäuschung. Seine Worte kommen ihr verlogen vor, und sie fragt sich, woran der Lehrer seine Enttäuschung misst, er weiß doch gar nichts von ihr. Sie fühlt sich gedemütigt, weil es nicht darauf ankommt, ob sie die Tat leugnet oder gesteht, ihre Schuld wird einfach vorausgesetzt. Die Empörung sitzt ihr in der Kehle, und sie entschließt sich, unschuldig zu sein; die Verkäuferin hat sich geirrt, diese Möglichkeit könnte immerhin der Wahrheit entsprechen, und so ins Unrecht gesetzt, zeigt sie einen trotzigen Stolz. Sie zuckt die Achseln und betrachtet ihren Lehrer. Er ist alt, denkt sie, mindestens dreißig, und doch hat er keine Ahnung. Sie holt tief Luft und lässt einen leisen Pfeifton hören. Herr Baum runzelt streng die Stirn. Sie pfeift lauter und ist von ihrem Mut selbst überrascht, aber nun kann sie nicht mehr zurück, laut pfeifend geht sie an ihren Platz. Sie kann die Atemgeräusche ihrer Mitschüler hören, doch dann klingelt es zur Pause, und der Polizist verabschiedet sich, als hätte er es plötzlich sehr eilig. Herr Baum begleitet ihn hinaus.

In der Pause schaut sie sich herausfordernd im Klassenzimmer um. Vor ihr sitzt Lutz, ein dürrer, hässlicher Junge, der was mit der Lunge hat und immer friert. Wenn er hustet, holt er den Schleim tief aus den Bronchien und schluckt ihn geräuschvoll herunter. Er kann nicht anders, denn sonst hätte ihn die ihn umgebende Wand aus Abscheu längst davon abgehalten. Auch er sitzt allein. Als es zur Stunde klingelt und die

Schüler neben ihren Schulbänken stehen, reißt sie ihm die Hose herunter, und da steht er, in seiner entsetzlichen Magerkeit, mit einem Zitterpimmel, und sie lacht am lautesten in dem einsetzenden Chor aus Schadenfreude.

Herr Baum schaut sie an, als würde ihn ihr Anblick ermüden, und erklärt mit ernster Stimme, dass er heute noch die Jugendhilfe informieren wird.

Die Mutter versetzt die Ankündigung dieses Besuchs in Aufregung. Sie steht auf dem Flur und lässt ihren Blick schweifen. Die Geschwister müssen den Boden schrubben, die Fenster putzen, die Treppe bohnern. Alex und sie bekommen neue Schuhe, und der Vater drückt ihr zwanzig Mark in die Hand, einfach so.

Es ist eine ältere Frau, die dann vor der Tür steht. Das Treppensteigen hat sie erschöpft, ihr Atem kommt in kurzen Schüben aus dem Mund. Sie lässt sich von dem gedeckten Abendbrottisch täuschen, von der besorgten Stimme der Mutter und natürlich von der Hauptperson, die ihr glaubhaft versichert, dass sie ein ganz normales, schönes Leben führt.

Am nächsten Tag will der Vater die zwanzig Mark zurück, doch damit hat sie sowieso gerechnet.

Schlaftrunken ruft sie früh morgens ihren Bruder ans Fenster. Schneeflocken schweben durch die Luft, die Dächer glänzen weiß. Sie blinzelt reglos in das helle Gestöber; die Schläfrigkeit weicht, und Freude durchströmt sie. Die Geschwister ziehen sich eilig an und rennen nach draußen. Auf der Straße atmen sie die

Schneeluft ein, reißen den Mund auf und lassen die Flocken auf der Zunge schmelzen.

Freude ist etwas Wichtiges in ihrem Leben. Sie freut sich, wenn in der Wohnung alles still ist und sie lesend im Bett liegt; wenn sie Hunger hat, liest sie ihr Lieblingsmärchen, in dem das kluge Gretel zwei Hühner für ihren Herren über dem Feuer braten soll, erst den einen Flügel, dann den anderen kostet und schließlich nicht mehr an sich halten kann und den ganzen wunderbar duftenden Braten aufisst. Immer, wenn sie dieses Märchen liest, malt sie sich genau aus, wie sie später selbst Hühner und Enten in ihrer Küche zubereiten wird, sie stellt sich einen eisernen Herd vor, die Töpfe sind groß und schwer, das Geschirr hat blaue Tupfen.

Sie spielt noch mit Puppen, und es macht ihr Freude, Kleidung für ihre Puppen zu häkeln oder ihnen aus alten Stoffresten etwas zu schneidern. Manchmal kann sie nicht einschlafen, weil sie sich den Kopf zerbricht, was Kerstin, die große Blonde, und die noch namenlose Negerpuppe anziehen sollen. Sie geht Flaschen sammeln und stiehlt Geld für das Leben ihrer Puppen.

Sie freut sich auf Weihnachten. Schon Wochen vorher plant sie genau, wer welche Geschenke bekommt. Unter ihrem Bett befinden sich neben anderem Diebesgut auch drei Blusen, jede so groß wie ein Zelt, die sie für Elviras Mutter im Kaufhaus gestohlen hat. Am Dienstag vor Weihnachten, nach dem alten Film, überreicht sie Elviras Mutter das eingewickelte Geschenk.

Schwer atmend sitzt diese auf dem Küchenstuhl, der unter ihren Massen verschwindet, ihr Doppelkinn zittert, als sie versucht, die Schleife zu lösen. Sie packt die Blusen aus, hält sie hoch, eine nach der anderen.

Drei Blusen?

Rot, gelb und grün, sagt sie, ich dachte, das steht Ihnen.

Das ist sehr nett, aber warum drei?

Ich konnte mich nicht entscheiden, sagt sie, ohne zu überlegen, und fühlt ein Pochen hinter ihrer Schläfe.

Ich weiß nicht, ob ich das annehmen kann, sagt Elviras Mutter. Hörbar seufzend packt sie alles wieder ein.

Das Geld hab ich gespart, sagt sie schnell, ich war Flaschen sammeln, doch dann spürt sie, dass etwas falsch ist, sie will Elviras Mutter nicht anlügen. Sie gibt zu, die Blusen gestohlen zu haben.

Damit muss Schluss sein, sagt Elviras Mutter nach einem langen Schweigen.

Sie starrt auf die dunklen Härchen über ihrer Oberlippe und verspricht es.

Ihr Vater schmückt den Weihnachtsbaum im Wohnzimmer, schwungvoll wirft er das Lametta über die Äste. Sie verharrt auf der Türschwelle und beobachtet ihn. Er ist älter als ihr Klassenlehrer, und doch erscheint er ihr jünger, er trägt einen blauen Overall wie ein Handwerker, zu seinen Füßen liegen bunte Kugeln und ein Wust von zerknitterten Papieren. Als er sie bemerkt, hält er kurz inne.

Wusstest du, dass die Rothaarigen langsam aussterben?, sagt er gedankenverloren.

Woher weißt du das?, sagt sie und setzt ein interessiertes Gesicht auf.

Er zuckt die Achseln und blickt in Richtung Fenster. Keine Ahnung, sagt er. Dann greift er zur nächsten Lamettapackung und verteilt die silbernen Fäden auf den Ästen. Der eine weiß das, der andere das, seine Stimme klingt, als müsse er nach Luft schnappen. Ist doch keine große Sache, sagt er, starrt auf die Uhr an seinem Handgelenk, dann sieht er seine Tochter an.

Sie meint diesen Blick zu kennen, doch sie ist sich nicht sicher. Sie weiß nie, was er als Nächstes tun wird. Es gibt keine erkennbaren Gesetze für ihr Zusammenleben, keine gültige Gerechtigkeit; ein Vorfall, der ihr morgens eine Tracht Prügel einbringt, kann abends nur ein müdes Lächeln bei ihm hervorrufen. Er benutzt seine Hände beim Schlagen, anders als ihre Mutter, die den Gürtel bevorzugt, und das kommt ihr irgendwie gerechter vor.

Er atmet aus und hält eine rote Glaskugel ans Licht. Schöne Farbe, sagt er, erinnert mich an was.

Und er kann malen, wie ein wirklicher Künstler, die Frauen auf seinen Bildern haben halb geschlossene Augen und spitze Brüste, doch am liebsten mag sie sein Ölgemälde, das über dem Sofa hängt, es zeigt einen gewaltigen Dreimaster, der gegen den Sturm kämpft, und im Hintergrund Blitze.

Ein Falter umkreist den Lampenschirm, flattert die Decke entlang. Ihr Vater starrt schon wieder auf die

Uhr, dann zeigt er auf den Falter. Was macht der denn hier? Es ist doch Winter. Er schüttelt verständnislos den Kopf, kratzt sich unter den Achseln. Sie hat ihren Vater noch nie nackt gesehen. Als er einmal unbekleidet in der Küche stand und in den Ausguss pinkelte, hatte sie sich nicht getraut hinzugucken.

Es ist drei, sagt er, noch viel zu früh.

Der Falter lässt sich kurz auf seiner Hand nieder, dann fliegt er weiter.

Tagsüber hat es geregnet, und die Straßen sind spiegelglatt. Die Geschwister schlittern die abfallenden Wege im Park entlang. Ein eisiger Windhauch geht durch die kahlen Äste der Bäume, Kälte brennt auf ihren Wangen. Es ist Heiligabend.

Meinst du, ich bekomme den Trecker?, fragt Alex.

Er ist so aufgeregt, dass er vergisst, Grimassen zu schneiden, sein Gesicht ist ruhig, seine Augen leuchten.

Bestimmt, sie nickt und tritt in das splitternde Eis einer Pfütze. Sie denkt darüber nach, ob sie zu gierig gewesen ist, zu viele Wünsche aufgeschrieben hat und ob sich das ungünstig auf die Erfüllung auswirken könnte. Doch liegt es überhaupt in ihrer Macht, ob ihre Wünsche erfüllt werden? Sie beantwortet die Frage mit einem eindeutigen Nein und fühlt sich erleichtert. Ihr Bruder scheint noch an ein Ja zu glauben, es muss einen Ort in ihm geben, wo Unschuld und Hoffnung sich aufhalten, er glaubt an Dinge – obwohl er doch oft enttäuscht wurde –, die ihr längst unmöglich vorkommen; er glaubt, dass alles normal wird, eines Tages, und allein diesen Gedanken findet sie so unwirklich, als würde sie die Augen schließen und glauben, blind zu sein.

Um acht Uhr abends steigen sie verfroren die Treppen hoch und klopfen an die Tür. Ihr Vater öffnet ihnen im Bademantel, und sie schlüpfen schnell an ihm vorbei ins Kinderzimmer. Sie haben ein kleines Weihnachtsprogramm vorbereitet. Sie hat Alex einen Umhang aus Krepppapier gebastelt, der ihn wie ein zart zerknittertes Zelt umhüllt, und auch eine Kappe, die etwas zu klein geraten ist. Sie malt ihm mit dem Augenbrauenstift ihrer Mutter einen Schnurrbart ins Gesicht, er soll aussehen wie ein Husar; der Vater hat ihnen erzählt, er selbst stamme von einem ungarischen Husaren ab.

Als sie ins Wohnzimmer gerufen werden, starrt Alex auf den leuchtenden, bunt geschmückten Baum und vergisst sich zu drehen, wie sie es vorher geprobt haben. Sie stupst ihren Bruder an, und er breitet entrückt, wie ein Schlafwandler, die Arme aus. Eine Weile lang bleibt es still. Dann ist nur das knisternde Geräusch zu hören, als Alex sich schließlich doch noch zu drehen beginnt und dabei der Umhang aus Krepppapier durch die Luft fliegt. Statt laut zu singen, flüstert er, die Kappe ist ihm längst heruntergefallen, sie räuspert sich, ohne Erfolg, ihr Bruder bewegt sich auf die Stelle unter dem Weihnachtsbaum zu, wo die Geschenke liegen, und setzt sich einfach auf den Boden. Sie hört ihre Eltern lachen und zuckt verlegen die Achseln, das Lachen ihrer Mutter geht in ein Gekicher über. Du bist ja total irre, hört sie ihren Vater laut lachend sagen, und sie begreift, dass sie nicht über sie oder ihren Bruder lachen, sie lachen über sich selbst. Sie überreicht der Mutter die gehäkelten Topflappen, ihrem Vater schenkt sie eine Zeichnung, auf der in bunten Farben ein jonglierender Clown zu sehen ist.

Danke, sagt die Mutter, und nun schau dir deine Geschenke an.

Sie packt eine rosa gekleidete Babypuppe aus und spürt den erwartungsvollen Blick der Mutter. Doch sie mag keine glatzköpfigen Babypuppen, man kann ihnen nur langweiliges Zeug anziehen, und kämmen lassen sie sich auch nicht. Sie drückt die Puppe an sich und hält die Luft an. Auf dem Fußboden liegen noch weitere Geschenke. Doch bevor sie die auspacken darf, muss sie Freude zeigen, sie muss lächeln und Worte der Dankbarkeit stammeln. Danke, sagt sie und setzt ein großes, breites Lächeln auf, danke, danke, danke. Ihre Mutter scheint keinen der falschen Töne zu hören. Freust du dich, ruft sie, mein gutes Pferdchen, der Weihnachtsmann hat sich Mühe gegeben.

Alex fährt seinen Traktor über den Boden und macht brummende Geräusche. Der Vater hat den Ärmel des Bademantels bis zum Ellbogen hochgekrempelt und bestaunt eine neue goldene Uhr an seinem Handgelenk. Die Kerzen im Baum brennen herunter, ein paar Tannennadeln werden von den Funken getroffen und entzünden sich rötlich knisternd. So riecht Weihnachten, denkt sie, und ihre Mutter springt zum Baum und bläst die letzten noch brennenden Kerzen aus, mustert den Baum von oben bis unten, dann klatscht sie in die Hände und sagt: Und nun ab in euer Zimmer.

Sie nimmt ihre Geschenke und ruft Alex, der völlig versunken mit seinem Traktor spielt und nichts zu vermissen scheint. Er trottet ihr hinterher, seine Arme voller Spielsachen, die er sorgfältig, wie jedes Jahr, vor seinem Bett platziert. So hat er sie noch vor dem Einschlafen im Blick und kann sie gleich sehen, wenn er aufwacht.

Früh morgens betrachtet sie die mit Eisblumen geschmückten Fenster und haucht kreisrunde Flecke an die Scheibe. Draußen schneit es, und sie denkt daran, dass ihr Bruder sich Schnee gewünscht hat. Aber sie wird ihn nicht wecken, denn diese Augenblicke, in denen noch alles still ist, sind ihr kostbar. Sie geht noch einmal ins Bett, nimmt ihr neues Märchenbuch und taucht ein in eine Welt, in der so viel möglich ist, wo ein Tisch sich selbst deckt, der Teufel durch ein Nadelöhr passt, wo die Armen belohnt werden und die Bösen bestraft.

Der erste Weihnachtstag verläuft sorglos, erst am Abend ist sie wieder dran. Sie hat nicht widerstehen können, ist immer wieder zum Backofen gegangen und hat von der knusprigen Gänsehaut gekostet. Die Mutter steht erstarrt vor der Gans, als könne sie nicht fassen, was geschehen ist. Der Ausdruck in ihrem Gesicht verändert sich langsam, von Verblüffung in Wut. Sie sammelt Spucke in ihrem Mund und speit auf das Fleisch. Dann stellt sie die Kasserolle auf den Tisch und setzt sich.

Guten Appetit, sagt die Mutter und schaut sie drohend an, jetzt kannst du alles aufessen.

Sie weiß, dass sie aus dieser Situation nicht rauskommt. Sie fühlt ihre Zunge dick und pelzig im Mund, ein riesiger Berg, unter dem Blick ihrer Mutter beginnt sie zu essen.

12

Von einem Tag auf den anderen ist der Vater wieder verschwunden, diesmal hat er all seine Sachen mitgenommen.

Die letzten Februartage sind frostig. In der Dunkelheit wird sie von der Mutter losgeschickt, um Briketts zu klauen, die in kleinen Bergen festgefroren vor den Mietshäusern liegen. Als die Kohlenhaufen auf den Straßen zur Neige gehen, füllt sie ihre Eimer im Nachbarkeller mit Kohlen. Früh, wenn noch alle schlafen, heizt sie und bringt die Asche in den Hof herunter. Sie mag es, als Erste wach zu sein, mag den Geruch des Morgens, im Mund die Kälte.

Die Mutter ist fast eine Woche nicht zu Hause gewesen, bei ihrer Rückkehr bringt sie ihren Kindern Geschenke mit. Einen großen, blauen Plüschelefanten, Plastikobst und winzige Fläschchen für den Kaufmannsladen. Die Geschenke hält Arno im Arm. Ausgelassen wirbelt er den Plüschelefanten durch die Luft.

Arno ist Franzose. Er hat ihrer Mutter eine Parfümflasche geschenkt, die aussieht wie der Eiffelturm. Die Mutter hat ihn in der Mitropa kennengelernt, seine Stimme habe es ihr angetan, verrät sie ihrer Tochter in einem glücklichen Moment. Er zieht aus dem Hotel zu ihnen, doch er kann nur wenige Tage bleiben, dann muss er zurück nach Frankreich. Sie beobachtet, wie ihre Mutter seine Kleidung und die Brieftasche durchsucht. Die Mutter lacht, wenn Arno spricht, gurrend, wie eine Taube, sein Deutsch klingt lustig, als wäre er von der Sprache amüsiert. Nach Arnos Abreise ist die alte Gereiztheit ihrer Mutter wieder da. Sie rechnet den Geschwistern vor, wie teuer sie sind, sie hätte sich ohne Kinder längst ein Auto oder sogar ein Haus kaufen können.

Arno besucht sie noch einmal, doch nach dem ersten heftigen Streit macht er sich schleunigst aus dem Staub. Nach Arno gibt es andere Männer, einen Amerikaner mit Halbglatze, der ihnen Zaubertricks vorführt, einen Österreicher, in dessen kleinem, feuchtem Mund ständig eine Pfeife steckt, und noch einen Franzosen. Die Mutter scheint eine Vorliebe für das kapitalistische Ausland zu haben, zumindest was die Herkunft ihrer Liebhaber betrifft.

Aus irgendeinem Grund beginnt die Mutter, über Körperhygiene zu sprechen, sie will wissen, wie oft sich ihre Tochter untenherum wäscht, ob sie schlechte Gedanken hat. Die Mutter kontrolliert ihre getragenen Schlüpfer, und natürlich kommt sie sich gedemütigt vor, auch deshalb, weil sie so tun muss, als ob sie von nichts eine Ahnung hätte. Was für schlechte Gedanken, fragt sie, und die Mutter spricht es nicht aus, Sex oder Ficken, Wörter, bei denen es ihr heiß wird.

Sie hütet sich, etwas von sich preiszugeben, sie weiß, wie gefährlich das sein kann. Aus einer Laune heraus durfte sie einmal abends mit dem Österreicher und der Mutter einen Film anschauen. Es war ein russischer Kriegsfilm, sie saß auf dem Stuhl neben der Tür und war völlig gebannt von Iwan, einem Jungen, so alt wie sie, der keine Angst kannte. Während die Mutter auf dem Sofa mit neckender Stimme Einwände gegen die Handlung und Schauspieler erhob, wurde sie so mitgerissen, dass sie am Ende des Films leise schluchzte.

Die Mutter stand vor ihr und betrachtete sie voller Abscheu. Ich schäme mich für dich, sagte sie, und dieses Mal traf die Verachtung der Mutter sie ungeschützt.

An einem schon frühlingshaften Abend, als sie das Gebrüll der Mutter über sich ergehen lässt – sie solle endlich abhauen, ihr den Anblick ersparen –, beschließt sie, die Mutter beim Wort zu nehmen. Noch während sie die Treppen herunterspringt, spürt sie Erleichterung und eine fast greifbare Energie. Die erste Nacht verbringt sie bei Elvira im Kleiderschrank, es ist eng, ungemütlich und riecht nach Mottenpulver. Morgens geht sie brav in die Schule, die Lehrer merken nichts, nach der Schule macht sie einen großen Bogen um ihr Haus. In der nächsten Nacht versucht sie, in einem Abrisshaus zu schlafen, doch es ist noch zu kalt, und so streift sie durch die Straßen und wartet darauf, dass im Morgengrauen die Milchkästen vor den Konsum gestellt werden. In der Hofpause spricht sie ein Mädchen aus der Parallelklasse an, Romy, die auch schon einmal von zu Hause ausgerissen ist, und Romy bietet ihr zum Übernachten die Laube ihrer Eltern in einer Kleingartenanlage an.

Mit Proviant versorgt, zieht sie abends in die Laube, der Mond hängt tief, eine helle Scheibe mit Kratern und Rissen, sie versucht sich das Leben dort vorzustellen, ein abenteuerliches Gefühl zu empfinden, doch es gelingt ihr nicht. In der Laube gibt es keinen Strom, und als die Dunkelheit hereinbricht, liegt sie, in Decken gehüllt, auf dem Sofa und wartet darauf einzuschlafen. Am nächsten Tag hat sie keine Lust, in die Schule zu gehen. Sie bleibt einfach liegen, will weder nach draußen noch etwas essen. Als Romy nachmittags mit Freunden vorbeikommt, ist sie schweigsam. Romy besucht sie erst ein paar Tage später wieder, diesmal von zwei Polizisten begleitet. Sie nimmt es Romy nicht übel, dass sie sie verpfiffen hat. Trotzdem beginnt sie zu heulen, sie sieht alles wie durch einen Schleier, der Himmel kommt ihr so niedrig vor, als würde er ihr gleich auf den Kopf fallen. Sie wird aufs Revier gebracht, wo man sie schon erwartet. Da ist ja unsere Ausreißerin, sagt ein Glatzkopf und reicht ihr die Hand. Eine Polizistin fragt, warum sie abgehauen ist, und ihr fällt nichts ein, was sie sagen könnte. Es ist eine Weile still, sie kaut an ihren Fingernägeln, an der Wand hängt ein Bild von Honecker, sie stellt ihn sich kurz ohne sein gleichmütiges Lächeln vor.

Ich will nicht nach Hause, sagt sie.

Musst du auch nicht, sagt der Glatzkopf, dein Vater wird dich holen.

Sie glaubt, sich verhört zu haben, doch dann erklärt ihr die Frau, dass ihr Vater bald auf dem Revier eintreffen werde, das Jugendamt sei bereits in Kenntnis gesetzt und ihre Mutter einverstanden. Sie versucht zu erkennen, ob die Frau lügt oder einfach falsch informiert ist, doch dann hört sie die Stimme ihres Vaters auf dem Korridor.

Erst später, als sie in dem blauen Wartburg hinter ihrem Vater sitzt, kann sie sich beruhigen. Sie mustert die Frau am Steuer. Eine Freundin ihres Vaters? Ihre künftige Stiefmutter? Als hätte sie ihre Gedanken gelesen, dreht sich die Frau zu ihr. Ich heiße Ellen, sagt sie, und sobald dein Vater geschieden ist, werden wir heiraten.

Ellen hat rote Haare, und ihr Bauch ist so mächtig, als wäre sie mindestens im sechsten Monat. Sie wirkt friedlich, vielleicht etwas verschlafen, doch auf jeden Fall friedlich.

Sie weiß nicht, wie sie ihrer Freude Ausdruck verleihen soll; sie schwört sich, ihrem Vater das nie zu vergessen. Er zündet sich eine Zigarette nach der anderen an. Wir fahren zuerst nach Prenzlau, sagt er, und dann weiter an die Ostsee. Er zieht eine kleine Flasche Stonsdorfer aus seinem Jackett und trinkt einen

Schluck. Sie hat ihren Vater noch nie im Jackett gesehen.

Hast du Arbeit an der Ostsee?, sagt sie.

Wir werden dort im Hotel Atlantik sein, sagt er, später bekomme ich mein eigenes kleines Restaurant. Seine Stimme klingt stolz.

Sie schaut aus dem Fenster, sieht den Himmel dunkel werden, Felder und Bäume fliegen vorbei. Dann hält das Auto, und die Scheinwerfer erfassen ein Haus am Straßenrand. Sie werden von Ellens Mutter begrüßt, einer freundlich aussehenden Frau mit grauen Locken und einer Warze am Kinn.

Als sie im Kinderbett von Ellen liegt, versucht sie sich etwas völlig Neues auszudenken, eine Zeit ohne Tag oder Nacht, doch es kommt nur eine Art Dunst heraus, und während sie noch darüber nachdenkt, ob jetzt alles anders wird, schläft sie ein.

Morgens geht sie leise nach draußen in den Garten. Es riecht nach frischer Erde, die ersten Brennnesseln sind von einem zarten Grün. Sie findet eine tote Schwalbe und beginnt, ihr Grab wie eine Wohnung auszubauen. Die Schwalbe bekommt ein gemütliches Lager aus Gras, die Vorratskammer stopft sie voll mit gelben Sumpfdotterblumen, und sie stellt sich vor, dass die Schwalbe gar nicht tot ist, sondern langsam erwacht, ganz wie bei Däumelinchen im Märchen.

Nach dem Mittagessen wird der Badeofen für sie geheizt, und sie bleibt in der Wanne sitzen, bis das Wasser kalt ist. Später geht Ellen mit ihr in die Stadt und kauft ihr ein Sommerkleid und rote Schuhe, sogar ein

Hütchen bekommt sie, das sie natürlich nie aufsetzen wird.

Sie braucht Geld und möchte es nicht stehlen. Sie braucht es, um sich fotografieren zu lassen. Es gibt ein Fotogeschäft auf dem Marktplatz, und sie will unbedingt dokumentieren, wie sie aussieht mit dem neuen Sommerkleid, gleichzeitig schämt sie sich für so einen albernen Wunsch. Schließlich zwingt sie sich, ihren Vater um das Geld zu bitten, und er gibt es ihr, will nicht einmal wissen, wofür sie es möchte.

Von den Fotos ist sie enttäuscht, sie weiß nicht, wer sie da anblickt, das Lächeln scheint jemand anderem zu gehören.

Am liebsten würde sie für immer hierbleiben, doch dann fahren sie weiter. Inzwischen hat sie erfahren, was es mit dem großen Bauch von Ellen auf sich hat: Sie ist scheinschwanger, das heißt, in ihrem Bauch ist nur Luft und kein Kind.

13

Das Hotel Atlantik sieht aus wie ein Schloss, ein Dornröschenschloss, und sie versucht sich die Mauern rosenüberwuchert im Sonnenlicht vorzustellen, doch noch weht ein kühler Wind vom Meer her. In dem großen Zimmer steht ihr Bett direkt neben dem Ehebett, zu nah, findet sie und zieht es vor, auf dem Sofa zu schlafen.

Ihr Vater besteht darauf, dass sie jeden Morgen, bevor sie zur Schule geht, eine Tasse Milch trinkt. Sie ist nicht besonders aufgeregt, als sie zum ersten Mal in ihre neue Schule geht. Spätestens im Herbst wird sie woanders sein, weil Saisonkellner im Winter nie an der Ostsee arbeiten. Andererseits hätte sie hier eine Chance, sich neu zu erfinden; niemand kennt sie, sie hat neue Kleider, einen neuen Haarschnitt, eine neue Schultasche, warum sollte nicht auch sie selbst völlig neu sein können? Sie könnte sich als tolle Sportlerin zeigen, als vorbildliche Schülerin. Doch noch während die Lehrerin sie begrüßt und ihr den Platz zuweist, weiß sie, dass es sinnlos wäre, sich anzustrengen; sie wird neben ein Pummelchen gesetzt, das sie auf den ersten Blick als Außenseiterin erkennt, die anderen Mädchen stecken die Köpfe zusammen und kichern.

Nach Schulschluss läuft sie durch den Kiefernwald, die Dünen hinunter zum Meer, geht am Strand entlang, sucht nach Bernsteinen und vom Sand stumpf geschliffenen Glasscherben. Sie hat schon ein ganzes Glas voll gesammelt, sie sucht auch Muscheln, die sie auf Zigarrenkisten klebt, in die Zwischenräume streut sie winzige Glitzerkörner. Das sind Geschenke für Ellen und ihren Vater. Sie malt auch Bilder, häkelt Topflappen, ihre Blumensträuße sind sorgfältig zusammengestellt: Margerite, Kornblume, Mohn, von Sauerampfer und Gräsern umrandet; sie versucht Ellen und ihren Vater jeden Tag zu beschenken.

Oft sitzt sie nahe den Bahngleisen, lässt sich von dem Geruch nach Rauch, Sommerluft und Kräutern betören, dreimal am Tag kommt die schwarze Molli vorbei, eine langsam fahrende Dampflokomotive. Das Pfeifen des Zugs weht zu ihr herüber, als wäre dies ein Gruß, nur an sie gerichtet. Überall blühen gelbe, weiße, bläuliche Kräuter, wilde Gräser und goldfarbene Büsche, ein Farbenmeer bis zum Horizont, dahinter das richtige Meer, und noch weiter dahinter soll der Westen sein. Der Westen steht für alles, was für sie niemals erreichbar sein wird. Manchmal versucht sie sich vorzustellen, wie der Westen aussieht, ihre Fantasie reicht von einer Kraterlandschaft bis zum Schlaraffenland, eigentlich aber beunruhigt er sie in seiner Unwirklichkeit. Lieber bleibt sie bei dem, was ihr vertraut ist; sie denkt an ihren Bruder, auch an die Mutter, sie vermisst ihre Puppen, doch sie beschließt, dass sie sie nicht mehr braucht.

Im Hotel wohnen auch Ausländer, der lange Flur ist eine Geräuschkulisse aus verschiedenen Sprachen; es gibt zärtliche Laute, die geschmeidig wie fliegende Fische durch die Luft gleiten, es gibt Radau, Lachen, ersticktes Weinen, und manchmal rutscht eine Klage durch die Türritzen und verharrt dort wie ein Geist. Sie klopft an die Türen und bittet um Briefmarken; bald hat sie so viele Briefmarken gesammelt, dass sie ein Album damit füllen kann. Auf ihrer Lieblingsmarke ist ein tanzendes goldenes Nilpferd zu sehen.

Sie hat sich mit einem polnischen Jungen angefreundet, sein Vater ist Sänger in der Combo, die abends im Hotelsaal spielt, seine Mutter streicht ihr oft übers Haar und sagt in gebrochenem Deutsch, wie schön sie sei, dunkles Haar und blaue Augen, sie prophezeit ihr viele Verehrer. Wodek zeigt ihr, wie man auf zwei Fingern pfeift. Sie laufen den Kutschen hinterher, in denen Touristen durch die Gegend gefahren werden, und setzen sich hinten auf die Ersatzreifen, manchmal knallt der Kutscher mit der Pferdepeitsche nach ihnen. An einem Abend, während sein Vater spanische Schnulzen singt, küsst Wodek sie. Noch stundenlang scheint ihr Mund zu brennen. So hat sie sich einen Kuss nicht vorgestellt, sie hat zwar gewusst, dass die Zunge mit im Spiel ist, aber nicht, dass es sich so eklig anfühlt, darauf kann sie verzichten. Doch sie schafft es nicht, ihm ihren Mund am nächsten Abend zu verweigern.

Wodek hat eine Idee, er will den Urlaubern am Strand billig eingekaufte Limonade teuer verkaufen, dafür aber braucht er erst einmal Geld.

Bist du dabei?, sagt er und zieht einen Grashalm durch die Zähne. Sie ahnt, was kommen wird, dennoch ist sie sofort einverstanden.

Fünf Mark würden fürs Erste genügen, sagt er, und das Geld zu beschaffen ist natürlich ihre Aufgabe.

Sie nimmt einen Schein aus der Brieftasche des Vaters, unglücklicherweise hat ihr Vater die Scheine gezählt. Niemals könnte sie zugeben, ihren Vater bestohlen zu haben – den Vater, der so heroisch seine Tochter zu sich geholt hat. Sie lügt verzweifelt, lügt sich in ihre Wahrheit hinein, die einzige Möglichkeit, aus der Sache wieder herauszukommen.

Ihr Vater schließt sie im Zimmer ein und geht. Sie schlingt die Arme um ihren Oberkörper, läuft laut weinend, ihre Unschuld beteuernd, durch den Raum, doch die Stunden vergehen, und ihr Vater kommt nicht zurück. Sie ist müde, ihre Stimme heiser, das Blut rauscht in ihren Ohren. Sie will nur noch weg von hier. Sie packt ihre Sachen in einen Beutel, klettert aus dem Fenster den Blitzableiter herunter und landet auf einem flachen Teerdach. Von dem Teerdach sind es mindestens noch fünf Meter bis auf den Boden. Sie wirft zuerst den Beutel herunter, dann setzt sie sich auf den Rand des Daches und schaut nach unten, versucht abzuschätzen, ob sie da heil ankommen kann, und ist am

Abend immer noch nicht gesprungen. Erst als oben im Zimmer das Licht angeht, springt sie in die Tiefe, und der Aufprall auf dem Boden ist genauso schlimm, wie sie befürchtet hat.

Es hätte besser enden können, sagt der Arzt, als er sich die Röntgenbilder ansieht; sie muss für eine Weile im Krankenhaus bleiben. Ellen besucht sie mit verweintem Gesicht, und ihr Vater zwinkert ihr am Bett stehend zu, sie sieht sofort, dass er getrunken hat. Niemand spricht mehr von dem Diebstahl. Sie nimmt sich vor, Flaschen zu sammeln und die fünf Mark zu ersetzen, doch sie verwirft den Gedanken wieder – hat sie nicht mit dem Sprung in die Tiefe bewiesen, dass sie keine Diebin ist?

Es hat sich einiges verändert, als sie aus dem Krankenhaus kommt. Wodek ist weg, die Combo seines Vaters in ein anderes Ostseebad weitergezogen. Ihr Vater ist nun Gaststättenleiter in einem kleinen Tanzlokal, und sie haben eine eigene Wohnung. Stolz führt er sie durch die Gaststätte. An den Fenstern hängen orangefarbene Gardinen, die Tanzfläche glänzt, als wäre sie mit Speck poliert, die Köchin trägt eine weiße Schürze, die über ihrem mächtigen Busen spannt, durch die Küchenfenster fällt helles Mittagslicht auf Geschirr und Töpfe, alles erscheint ihr friedlich.

Ellen erinnert sie an einen Kugelfisch. Die Fische können Luft und Wasser in ihrem elastischen Magen aufnehmen und so den Körper zu einer Kugel aufblähen. Dann steigen sie an die Oberfläche und schwimmen wie Bälle auf dem Wasser. Sie stellt sich vor, Ellens Bauch wäre ein Wasserball, aus dem sie zischend die Luft entweichen lässt.

Ellen wünscht sich, dass sie Mutti zu ihr sagt. Als Ellen diese Bitte mit leiser Stimme vorträgt, erkennt sie darin eine Angst, die ihr vertraut ist, die Angst, abgewiesen zu werden.

Sie sitzt vor einem Teller Milchreis, den Ellen gekocht hat, doch sie rührt das Essen nicht an, es schmeckt ihr nicht.

Wie kannst du das wissen?, sagt Ellen. Du hast doch noch gar nicht gekostet.

Wohl zum ersten Mal in ihrem Leben hat sie keinen Hunger. Sie hat das Gefühl, ihr Magen sitzt in der Brust, schwer wie ein Stein. Sie sehnt sich nach dem Essen ihrer Mutter. Ellens Geduld reizt sie, sie erlaubt sich sogar, schlechte Laune zu haben. Sie redet mit nörgelnder Stimme, knallt die Türen, schweigt verbockt. Wenn sie allein ist und niemand sie sehen kann, weint sie und weiß nicht, warum.

Die großen Ferien beginnen, und ihr Zeugnis ist überraschend gut ausgefallen. Als Belohnung hat Ellen ihr eine weiße Stola gestrickt.

Sie ist erleichtert, als ihre Stiefmutter ins Krankenhaus muss, die Ärzte werden versuchen, ihren Bauch schrumpfen zu lassen. Am ersten Tag bemüht sich ihr Vater noch um seine Tochter, doch ohne Ellen wirkt er angestrengt in seiner Vaterrolle, und als sie ihm versichert, dass sie in der Gaststätte essen wird und auch allein zurechtkommt, hält er dies für eine sehr gute

Idee. Dabei ist das Essen dort ein Fraß, die geschälten Kartoffeln werden in großen Tonnen geliefert, in denen es vor Maden nur so wimmelt, das Fleisch ist schwarz von Fliegen, das Gemüse angegammelt; selbst der beste Koch könnte nichts aus diesen Zutaten machen. Sie hat sich in der Küche genau umgesehen und zieht es vor, im Konsum einzukaufen. Das Geld nimmt sie aus einer dunkelgrünen Kassette, den Schlüssel für die Kassette verwahrt ihr Vater in seiner Hosentasche. Anfangs erschien es ihr schwierig, den Schlüssel geräuschlos aus der Tasche zu ziehen, doch dann bemerkte sie, wie tief und fest ihr Vater morgens schläft.

Nachts dringt laute Tanzmusik aus dem Lokal über den Hof in ihr Zimmer, sie kann nicht schlafen und muss an die Mutter denken, an Alex, und sie stellt sich vor, wie sie gemeinsam am Tisch sitzen und Milchreis essen, sie meint den Geschmack von Zimt auf ihrer Zunge zu spüren.

Ihren Vater sieht sie nur noch selten nüchtern. Eines Tages zieht er ein kleines, graues Zottelvieh hinter sich her. Als er den Hund von der Leine lässt, kriecht der sofort unter den Schrank.

Er ist schüchtern, sagt ihr Vater und legt sich vor den Schrank auf den Boden, macht lächerlich schmatzende Geräusche. Ich würde ihn Hugo nennen, sagt er. Nach einer Weile hat er genug, lässt sie mit dem Hund allein. Sie stellt eine Schüssel mit Wasser auf den Boden und setzt sich daneben. Langsam schiebt sich die Hundeschnauze unter dem Schrank hervor, nach einem kurzen Innehalten folgt das ganze Tier. Der Hund kläfft leise, winselt, und während er das Wasser trinkt, schlägt sein haariger Schwanz auf den Fußboden.

Hugo weicht nicht mehr von ihrer Seite, er schläft in ihrem Bett, und sie vertraut ihm ihren Kummer an. Wenn sie ihn ruft, kommt er sofort, er ist ihr ganz und gar ergeben. Sie bringt ihm Kunststücke bei: Er hüpft auf zwei Beinen im Kreis, springt übers Stöckchen, kann auf ihren Befehl wie ein Wolf losheulen. Sie führen das Programm gemeinsam vor den Urlaubern am Strand auf, nach dem Applaus sammelt sie in einem Hut die gespendeten Gaben ein: Münzen, Geldscheine, Bonbons, Schokolade. Doch schon bald langweilt sie das.

Sie räumt täglich die kleine Wohnung auf, putzt die Fenster, fegt, wischt, und zum krönenden Abschluss geht sie in die Gärtnerei, um einen Strauß Blumen zu kaufen. Seit ein paar Tagen sind die Ferienzimmer dort an neue Sommergäste vermietet; zwei Mädchen in ihrem Alter spielen Ball, sie sieht ihnen eine Weile zu, und als es zu dämmern beginnt, spielen sie zu dritt.

Sie zeigt Gudrun und Steffi die geheime Abkürzung zum Strand. Steffi besitzt ein Kofferradio. In der Heide, wo die wilden Gräser und Blumen längst von der Sonne verbrannt sind, hören sie *Die großen Acht* von Radio Luxemburg. Steffi und Gudrun tanzen eng umschlungen, mit geschlossenen Augen. Gudrun ist ziemlich dünn, doch Steffi hat schon Brüste, ihr Mund glänzt in der Farbe von roten Beeren. Dann tanzt Steffi auch mit ihr. Von Steffi im Arm gehalten, fühlt sie sich seltsam kraftlos, sie drehen sich, pressen den Unterleib aneinander, und als der Tanz zu Ende ist, weiß sie nicht mehr, wo sie sich befindet.

Die beiden anderen setzen sich auf den Boden, ihre Hände verschwinden zwischen ihren Beinen, bewegen sich dort, wirbeln umher. Was macht ihr da?, will sie wissen, doch die beiden starren nur konzentriert in die Luft, ihr Atem wird schneller, heftiger, und schließlich stößt Steffi einen Seufzer aus, Gudrun folgt mit einem kurzen Schrei, und danach wollen die beiden nichts mehr vom Tanzen wissen. Am nächsten Tag zeigt ihr Steffi, wie man an sich selbst herummachen kann, um dieses unaussprechliche Gefühl zu bekommen. Sie probiert es aus, doch nichts passiert, nur ihre Finger ermüden.

Ihr Vater hat sich angewöhnt, Hugo zu baden. Wenn er nachts von der Arbeit kommt, kaum noch gerade stehen kann, schleppt er den größten Topf aus der Küche herüber, den sie mit Wasser füllen muss. Er steht schwankend in der Mitte des Zimmers und sagt: Ich bitte um Ruhe. Dann murmelt er etwas von Pflicht, Ordnung und Hygiene, torkelt zurück in die Küche und besorgt ausreichend Bestechungsmaterial. Immer ist Hugos Gier größer als seine Angst, nie kann er den Würsten widerstehen. Sitzt er erst einmal im Topf, ist er ohnehin verloren; der Vater shamponiert und wäscht ihn, während sie ihn festhalten muss. Sie ist wütend auf Hugo, weil er sich stets aufs Neue hereinlegen lässt. Er muss es doch kapieren, denkt sie und drückt ihn lange unters Wasser. Wenn sie ihn endlich loslässt, springt Hugo nach Luft japsend hoch. Doch er kapiert nichts, schon in der nächsten Nacht sitzt er wieder im Topf, den Bauch voller Würste und eine lächerliche Schaumkrone auf dem Kopf. In ihr wächst ein übermächtiger Zorn auf Hugo, sie hat das Gefühl, als befänden sich kleine, spitze Messer unter ihrer Haut, und hielte der Zorn noch länger an, würden diese Messer ihre Haut durchstoßen. Dann wäre sie ein messerscharfer Igel in Menschengestalt, und jeder, der ihr näher käme, würde sich an ihr verletzen. Wenn die Zornesanfälle verebben, fühlt sie sich schuldig; voller Reue schmiegt sie sich an Hugo, lässt sich von ihm die Hände lecken, spürt sein Herz unter dem Fell und möchte am liebsten sterben.

Seit Hugo täglich gewaschen wird, ist ihr ganzer Körper von blutig gekratzten Flohstichen übersät. Die Flöhe sitzen in der Bettwäsche und in den Kleidern, hinterlassen Kackspuren in ihren Hemden und Hosen. In einer großen Aktion wäscht sie alles, doch die Flöhe verschwinden erst, als ihr Vater die Lust daran verliert, Hugo zu baden. Auch für seine Tochter scheint er sich nicht mehr zu interessieren, ich als Mensch habe meine Rechte, sagt er, bevor sie auch nur eine Frage stellen kann. Mit beduseltem Blick schaut er in den Spiegel, ich als Mensch, wiederholt er, seine Stimme klingt durstig. Sie hält immer einen Schritt Abstand, man kann nie wissen, sagt sie sich.

Steffi und Gudrun sind längst abgereist. Es kommt ihr so vor, als wäre es immer derselbe Tag, dieselbe

Stunde, um die Mittagszeit herum. Unter der Julisonne verharrt das Leben regungslos, selbst die Vögel scheinen das Atmen zu vergessen. Sie liegt mit Hugo in der Heide, sehnt sich nach Menschen, die ihr vertraut sind, nach Bruder und Mutter, und dort, wo sie sich sehnt, sitzt ein schmerzender Fleck in ihrer Brust und nimmt ihr die Luft. Sie schreibt der Mutter einen Brief.

Von da an wartet sie und bereitet sich vor, sie kauft Geschenke für Alex, häkelt Topflappen für die Mutter. Ihrem Vater zeigt sie sich als folgsame Tochter, bügelt freiwillig seine Hemden, sieht großzügig darüber hinweg, wenn er volltrunken die Köchin begrapscht. Er scheint ihre Wandlung nicht zu bemerken, nach wie vor starrt er mittags nach dem Erwachen schlaftrunken seine Tochter an, und bevor sein Blick in alle Richtungen zuckt, murmelt er: Werd bloß nicht frech, mein Fräulein. Sie verzieht das Gesicht zu einem Lächeln, fast tut er ihr leid, doch dann kommt sie zu dem Schluss, dass er sie ohnehin nicht braucht, er braucht nur seinen Schnaps. Er hat kein Recht, verärgert zu sein, wenn sie geht.

Mit dem Wissen, dass sie bald weg sein wird, lassen sich die Stunden besser überstehen, Erwartung liegt in der Luft.

Sie kauft sich eine rote Plastikhandtasche, die sie seit Tagen im Schaufenster bewundert hat. Das Geld hat sie sich aus der Kassette ihres Vaters besorgt, er scheint die Scheine und Münzen schon lange nicht mehr zu zählen. Sie hängt sich die Tasche über die Schulter und läuft durch die Straßen. Es ist gleißend hell, sie schwitzt, fühlt sich von einem Augenblick auf den anderen krank. Sie sucht nach Schatten, Blasmusik weht von der Promenade herüber, die Töne legen sich mit dem Gewicht von Steinen auf ihre Haut. Sie kauert sich mit dem Rücken an eine Wand, den Kopf auf die angezogenen Knie, dämmert weg. Die Hitze kommt in Wellen, ergreift ihren ganzen Körper.

Sie kann sich nicht erinnern, wie sie in das fremde Bett gekommen ist, die Krankenschwester erklärt es ihr. Sie lag mit vierzig Grad Fieber auf der Straße, irgendjemand hat den Krankenwagen gerufen. Sie hat Scharlach. Die Stimme der Krankenschwester erreicht sie von weit her, sie will etwas antworten, doch ihre Zunge lässt sich nicht bewegen, hat sich in ein Stück rostiges Metall verwandelt.

Als sie wieder erwacht, erblickt sie zwei Gestalten, die sie zuerst für Traumbilder hält. Ellen sitzt strickend auf einem Stuhl, die Mutter steht am Fenster und blättert in einer Illustrierten. Sie schließt schnell die Augen. Vorsichtig blinzelnd stellt sie fest, dass Ellen keinen Bauch mehr hat und ihr Haar grau geworden ist – während die Mutter erblondet und schwanger zu sein scheint. Als sie sich aufsetzt, weil dies nur ein Traum sein kann, stürzt die Mutter auf sie zu und umarmt sie. Ein solcher Schreck fährt ihr in die Glieder, dass sie völlig erstarrt dasitzt, sie lässt die Umarmungen über sich ergehen, unfähig, sich zu rühren.

Was hast du denn?, sagt die Mutter. Freust du dich gar nicht?

Ich freue mich, versichert sie, und weil ihr sonst nichts einfällt, zeigt sie auf den Bauch. Bist du schwanger?, sagt sie.

Was für eine Begrüßung, sagt die Mutter und lässt von ihr ab. Natürlich bin ich schwanger, das sieht doch ein Blinder mit dem Krückstock. Sie presst die Lippen aufeinander und streicht über ihren Bauch.

Als Ellen an das Bett tritt und ihre Hand nimmt, weiß sie nicht, was sie sagen soll. Sie wirft der Mutter einen verschwörerischen Blick zu, als wäre ihr diese Frau peinlich. Sie kann Ellen nicht ansehen, möchte sie gern fragen, ob sie wieder richtig gesund ist, doch sie traut sich nicht. Stattdessen grinst sie und spürt, wie ein dumpfer Druck sich über ihr Herz legt. Als Ellen sich von ihr verabschiedet, schnürt ihr der Druck die Luft ab, doch sie grinst einfach weiter.

Die Mutter besteht darauf, noch heute nach Hause zu fahren. Als sie mit dem Arzt diskutiert, meint ihre Tochter ein Zittern in ihrer Stimme wahrzunehmen, ein ungeduldiges Zittern, hinter dem ein Beben lauert, das, jederzeit, in einen Sturm übergehen kann.

Während die Landschaft im Zug an ihnen vorbeifliegt und die Mutter von zu Hause erzählt, bedauert sie, dass sie sich nicht von Hugo verabschieden konnte.

Inzwischen ist die Mutter dabei, ihr die Stunden vorzurechnen, die sie ihretwegen schlaflos verbracht hat. Ein vages Gefühl der Unruhe steigt in ihr auf, die Mutter hat einen neuen Mann, und das Baby ist ein Wunschkind.

Alex wartet schon hinter der Tür. Sie umschleichen einander wie fremde Wesen, können es nicht fassen, wieder zusammen zu sein. Die Wohnung hat sich nicht verändert, nur ihr Bruder kommt ihr anders vor, noch seltsamer. Beim Sprechen rollt er die Zunge im Mund, als wolle er Murmeln spielen, reibt sich ständig die Hände am Stoff seiner Hose, springt auf, setzt sich, springt wieder auf, schaut unruhig umher, ein kleiner, überdrehter Kobold.

Dann holt die Schwäche sie ein, haut sie geradezu von den Füßen. Die nächsten Tage liegt sie im Bett, träumt wirres Zeug – sie hat keine Füße mehr, die Beine enden an den Knien, sie springt wütend auf Kniestümpfen durch die Gegend, die Kniestümpfe sind blutig, und sie rammt sie tief und tiefer in den Boden. In den Träumen schießen auch Bilder von Hugo in ihr hoch, und noch im Schlaf durchrollt sie eine Woge aus schlechtem Gewissen.

Als sie sich besser fühlt, kann sie es kaum erwarten, durch ihre vertrauten Straßen zu gehen. Sie besucht Elvira, die ihre längeren Haare bestaunt. Du siehst aus wie ein Mädchen, sagt Elvira so verwundert, als wäre sie früher ein Junge gewesen.

14

Der neue Mann ist bei ihnen eingezogen. Henry arbeitet mit ihrer Mutter in der Mitropa. Stolz zeigt er ihr seine Schallplattensammlung, die im Wohnzimmer lagert; es sind Hunderte von Platten, die meisten aus dem Westen. Sie betrachtet ein Foto auf der Plattenhülle, es ist ihr peinlich, dass sie sich über den Mann mit der Ponyfrisur äußern soll.

Keine Ahnung, sagt sie, hab nie was von ihm gehört.

Er kann es nicht fassen, dass sie Cliff Richard nicht kennt. Danach scheint sie für Henry ein hoffnungsloser Fall zu sein, er spricht mit ihr nie wieder über seine Platten, und sie ist nicht traurig darüber.

Sie freut sich auf den ersten Schultag, kämmt sich mit besonderer Sorgfalt die Haare, benutzt sogar einen Lippenstift, wischt ihn aber vor der Schule wieder ab.

Die anderen Mädchen müssen sich vor den Sommerferien abgesprochen haben, Brüste zu bekommen, denn sie ist die Einzige, die noch flach wie ein Brett ist. Sie hat kein Gramm Fett an den richtigen Stellen vorzuweisen, beunruhigt fragt sie sich, ob das so bleiben wird. Beim Umziehen vor dem Sportunterricht mustert sie die Mädchen genauer, einige tragen schon einen BH, und Elvira zeigt ihr stolz die winzigen Brüste in der Toilettenkabine und fragt sie: Hast du auch schon welche? Sie zeigt nichts, zuckt nur unbestimmt die Schultern, was alles bedeuten kann, vor allem, dass es sie gar nicht interessiert.

Die Jungs in der Klasse kommen ihr vor, als seien sie lauter geworden, gefährlicher, sie machen sich über alles lustig, brüllen widerliche Ausdrücke durch die Gegend, nennen die Mädchen Schlampen und Nutten, niemand entgeht ihrem Spott. Da ist das Schneewittchen, rufen die Jungs ihr nach, kein Arsch und kein Tittchen!

Die Herbstfarben explodieren in den Hinterhöfen, Weinreben ranken die Hauswände hoch, sie klettert mit ihrem Bruder über Mauern, sie liebt diese Kletterei, liebt es auch abzuhauen, auf der Flucht zu sein, wenn die Hausbewohner ihnen hinterherschreien, weil sie um ihre Weintrauben fürchten, sie versteht es sogar, sie wäre genauso zornig, wären es ihre Weintrauben, diese Einsicht hält sie aber nicht davon ab, händevoll die noch halb sauren Früchte zu verschlingen.

Dann ist der erste Stubenarrest fällig. Die Mutter hat ein erschöpftes Gesicht, als sie die Strafe verkündet, und weil ihre Tochter so aussieht, als mache ihr der

Stubenarrest nichts aus, bekommt sie gleich noch einen zusätzlichen Monat aufgebrummt.

Sie geht täglich in die Kneipe und holt den Nachschub an Bierflaschen. Der neue Mann sitzt abends mit der Mutter vor dem Fernseher, öffnet eine Flasche nach der anderen. Henry verträgt viel, und auch die Mutter versteht es zu trinken, ihre Augen glänzen, sie lacht, als würde sie gekitzelt, und sie stolpert nicht mal, wenn sie mit Henry tanzt. Seitdem er bei ihnen wohnt, ist Musik angesagt, allabendlich spielt er seine Platten ab, und ihre Mutter stimmt in die Schlager mit ein, singt aus voller Kehle, als wäre sie glücklich.

Ihr schwangerer Bauch scheint sie nicht zu stören. Richtig wütend ist sie nur noch, wenn Henry nicht da ist; dann kann es allerdings heftig zur Sache gehen, wie ein aufgestautes Jaulen brechen die Töne aus ihrer Kehle hervor.

Sie begreift nicht, warum der Zorn mit solcher Wucht der Mutter in die Glieder fährt, dass sie nur noch röchelt oder schreit, mit böser Stimme, als wolle sie alle vernichten. Sie glaubt nicht wie Alex an einen Dämon, der von ihrer Mutter Besitz ergreift – warum schreit sie dann die Bäckersfrau nicht an, hält sie ihrem Bruder entgegen, oder verprügelt den Postboten?

Darauf weiß er keine Antwort. Er ist dieses Jahr eingeschult worden, übt mit Begeisterung Schönschrift und Pionierlieder, kann es kaum erwarten, bald sein blaues Halstuch zu tragen.

Sie stiehlt der Mutter fünfzig Pfennig aus der Jackentasche, und das stellt sich als fataler Fehler heraus: Das

Geld war abgezählt. Die Geschwister werden von ihr verhört, sie zieht alle Register, lockt mit falschem Mitleid, droht ihnen lebenslänglichen Stubenarrest an. Warum ist der Mutter ein Geständnis so wichtig, fragt sie sich, und warum kann sie ihr nicht einfach die Wahrheit sagen? Je heftiger die Mutter in sie dringt, desto mehr hat sie das Gefühl, nur lügen zu können; sie ist angeklagt und muss ihre Unschuld beweisen, nur darum geht es.

Am nächsten Morgen präsentiert die Mutter den Dieb. Sie stößt Alex durch die Wohnung und ruft: Er hat es zugegeben! Ihr Bruder wird ins Bett geschickt, er darf nicht einmal zur Schule gehen. Dann berichtet ihr die Mutter triumphierend, wie sie es angestellt hat, ihm die Wahrheit zu entlocken. Nachts habe sie, als Gespenst verkleidet, mit verstellter Stimme auf ihn eingeredet, sie habe ihn mit einer Stecknadel gepiekst, und er habe sich nicht einmal getraut zu weinen, so große Angst habe er vor dem Gespenst gehabt. Die Mutter findet das lustig, ungeheuer lustig. Noch während die Mutter ihr das lachend erzählt, schwappt eine Welle von Müdigkeit über sie hinweg, sie kann Alex nicht in die Augen schauen, bringt es nicht fertig, ihm die Wahrheit zu sagen, sich bei ihm zu entschuldigen. Abends feiert die Mutter ausgelassen, sie hat Bohnensalat und Buletten zubereitet und tanzt zu lauter Musik mit Henry durch die Wohnung.

Sie ist noch wach, als die beiden kichernd das Kinderzimmer betreten. Obwohl sie weiß, dass das flachnasige Monster mit dem Strumpf über dem Kopf ihre Mutter ist, erschrickt sie – die Mutter und Henry schütteln sich vor Lachen. Dann wacht Alex auf. Er will einen Schrei ausstoßen, doch der Schrei kommt nicht durch, er schlägt die Hände vor seinen geöffneten Mund, und als die Mutter den Strumpf vom Gesicht zieht, winselt er und verkriecht sich unter der Bettdecke. Als es längst still in der Wohnung ist, gibt er immer noch dieses Winseln von sich, sie muss an ihren Hund Hugo denken und macht sich Vorwürfe, ihn alleingelassen zu haben.

Während sie am nächsten Morgen die Bierlachen vom Wohnzimmertisch wischt, isst sie die Reste aus der Schüssel, isst den ganzen Bohnensalat, der noch übrig ist, trinkt die saure Sauce bis zum letzten Tropfen aus. Als die Mutter sie wütend zur Rede stellt, geht Henry dazwischen, wir haben doch alle als Kinder genascht, sagt er, die Mutter legt den Kopf schief, schiebt schmollend die Unterlippe vor und entlässt ihre Tochter mit einem Achselzucken.

15

Sie schreckt hoch, als sie das Schreien hört, springt sofort auf, läuft leise über den Flur, beugt sich über das Körbchen, in dem das Baby liegt, und nimmt es hoch.

Die Mutter hat vor einer Woche ihren Bruder Elvis geboren. Seitdem braucht sie Ruhe, sehr viel Ruhe. Sie klagt, sie sei derart erschöpft, dass sie keine Milch in ihren Brüsten habe, klagt über Rückenschmerzen, Übelkeit, ein Sausen im Ohr, und so kümmert sich ihre Tochter um den Kleinen.

Obwohl sie immer wieder beschließt, nicht müde zu sein, fällt es ihr schwer, nicht überall und auf der Stelle einzuschlafen. Sie muss bereit sein und beim ersten Laut reagieren, bevor ihn die Mutter hört, die sonst wie der Zorn Gottes im Flur erscheint und alles nur noch schlimmer macht. Mit ruckartigen Bewegungen trägt die Mutter dann den Säugling durch die Wohnung, der sofort noch lauter schreit, brüllt wie am Spieß und sich nur beruhigt, wenn seine Schwester ihn in die Arme nimmt. Es ist der Einfall der Mutter gewesen, sich den Zorn Gottes zu nennen, irgendwo hat sie aufgeschnappt, niemand auf Erden sei sicher vor diesem Zorn, und diese Vorstellung scheint der Mutter zu gefallen.

Sie gewöhnt sich schnell daran, ihrem Bruder die Flasche zu geben und die Windeln zu wechseln, sie trägt ihn durch die Wohnung, spricht leise auf ihn ein. Sein erstes Lächeln gilt ihr. Es erfüllt sie mit Stolz, dass Elvis nur bei ihr friedlich ist, kaum nimmt die Mutter ihn hoch, wölbt er den Rücken, sträubt sich und schreit. Wenn sie aus der Schule kommt, wartet die Mutter schon entnervt auf sie; doch nach einigen schlaflosen Nächten hat sie das Gefühl, sich in einem Traum zu bewegen, in dem ihre Arme und Beine mit Gummibändern am Boden befestigt sind. Sie ist so erschöpft, dass sie im Unterricht einschläft oder gar nicht erst in die Schule geht.

Seine Mutter, sagt Henry, könne helfen; ein paar Tage später steht, energisch klingelnd, eine kleine, ältere Frau vor der Tür. Tante Margot, so will sie genannt werden, ist der Überzeugung, dass Babys so lange schreien müssen, bis sie müde sind und einschlafen. Sie fragt sich, ob die Tante wusste, was sie damit anrichtet, denn ihr winziger Bruder scheint eine Art Wettstreit mit Tante Margot zu führen, er schreit und schreit, als wolle er mit seinem gellenden Wehgeheul die Luft zum Bersten bringen. Wenn Tante Margot dann ihre Ohren mit Watte verstopft und in einen tiefen Schlaf fällt, holt sie ihren Bruder zu sich ins Bett. Er ist sofort still und braucht nicht einmal einen Nuckel, um einzuschlafen. Elvis, Elvis, sie flüstert seinen Namen – anfangs hat sie ihn abscheulich gefunden, war wütend auf Henry mit seiner Elvis-Presley-Leidenschaft –, doch inzwischen liebt sie alles an ihrem Bruder.

Kaum beginnt Elvis zu brüllen, hat die Mutter in der Regel dringende Dinge zu erledigen und verlässt die Wohnung. Einmal geht sie sogar mit Alex in den Zoo, doch sein Gesicht ist alles andere als fröhlich, als er zurückkommt. Sie hat die ganze Zeit in der Kneipe gesessen, berichtet er seiner Schwester, und er durfte den Platz neben ihr nicht verlassen.

Tante Margot braucht eine Weile, um zu bemerken, dass sie nicht erwünscht ist. Die Mutter arbeitet wieder in der Mitropa, und eines Abends ist es so weit. Schlecht gelaunt und auf Streit aus betritt sie die Küche, und dann fliegen die Fetzen. In dem Gesicht von Tante Margot wechselt der Ausdruck von Überraschung zu ungläubigem Entsetzen, langsam scheint sie zu begreifen, mit wem ihr Sohn sein Leben verbringt. Während die Mutter wie eine Furie herumschreit, weicht die kleine Frau Schritt für Schritt zurück, versucht die Fassung zu bewahren, indem sie sich schweigend die Stirn mit einem Tuch abtupft. Es ist ein gestreiftes Geschirrtuch, doch es hätte genauso gut das rote Tuch eines Stierkämpfers sein können, denn die Mutter reißt ihr das Tuch mit einem Ruck aus der Hand, wirft es auf den Boden und trampelt wütend darauf herum.

Eine Stunde später verlässt Tante Margot die Wohnung. Zwei Tage darauf hat die Mutter den ersten großen Streit mit Henry. Er stellt die Musik lauter, trotzdem kann sie jedes Wort verstehen, ihre Mutter ist eifersüchtig auf eine andere Frau, und er kann noch so sehr seine Unschuld beteuern, sie glaubt ihm nicht, brüllt und heult, und ihre Tochter weiß, dass die Mutter das Spektakel noch lange durchhalten kann. Doch da geht Henry, geht einfach raus aus der Tür, ist auch nach Stunden noch nicht wieder zurück.

Während sie im Morgengrauen die Milchflasche für Elvis aufwärmt, sitzt die Mutter noch immer am Küchentisch, unbeweglich, wie versteinert.

Am Abend ist Henry wieder da, doch nach dem nächsten Streit packt er seine Koffer, und in der Wohnung kehrt so etwas wie Ruhe vor dem Sturm ein. Die Mutter liegt zusammengerollt im Bett, starrt in die Luft, beachtet niemanden. Als sie wieder zu sprechen beginnt, lässt die Mutter die Sätze unbeendet, und ihre Worte klingen kalt und wie losgelöst von ihr. Sie hat gelernt, was das bedeutet, und versucht besonders leise zu sein. Doch das Gehör der Mutter ist wieder intakt; während draußen der Wind in den Bäumen wütet, die Fenster klappern, schreit sie beim geringsten Geräusch in der Wohnung nach Ruhe.

Betrunken findet die Mutter zu ihren alten Zerstreuungen zurück; Alex muss mit ausgestreckten Armen in jeder Hand ein Kopfkissen halten, lässt er die Arme sinken, knallt die Mutter ihm den Ledergürtel zwischen die Beine.

Sie weiß längst um die Nutzlosigkeit, tapfer durchzuhalten, es ist Sinn und Zweck dieser Veranstaltung, irgendwann schwach zu werden, und das wiederum ist ein Vorwand für ihre Mutter, losprügeln zu dürfen. Alex bemüht sich trotzdem, mit aufgerissenen Augen steht er da, die Arme zittern, und sie möchte ihm am liebsten die Kissen aus den Händen reißen und rufen: Bring es hinter dich.

Wenn sie Elvis frühmorgens in die Krippe bringt, träumt sie davon, allein mit ihm das Haus im Wald zu bewohnen, sie stellt sich vor, er wäre ihr Kind. Die Mutter scheint Elvis nur wahrzunehmen, wenn sie ihn abends von ihrer Tochter zum Gutenachtsagen überreicht bekommt, dann tätschelt sie seinen Kopf und bewundert seine Babytolle.

Als sie ein Päckchen von Ellen bekommt, beobachtet die Mutter sie beim Auspacken. Obwohl sie ihre Blicke spürt, schafft sie es nicht, einen kurzen Jauchzer zu unterdrücken, als sie ihr Briefmarkenalbum entdeckt. Sie versucht, das Album beiläufig in ihr Zimmer zu bringen, und als sie zurück in die Küche kommt, lächelt die Mutter und fragt nichts. Sie weiß, dass ein Lächeln der Mutter vieles bedeuten kann, doch sie ist müde und nicht so vorsichtig, wie sie sein sollte. Sie ist so müde, dass sie am späten Abend, während sie die Briefmarken sorgfältig auf dem Bettlaken vor sich aufreiht, einschläft. Als sie erwacht, sind alle Briefmarken zerrissen, auch die mit dem tanzenden goldenen Nilpferd.

Am nächsten Morgen ist die Mutter in besonders boshafter Stimmung, nennt ihre Tochter eine Missgeburt und erzählt ihr, dass sie leider vergeblich versucht habe, sie abzutreiben. Ausführlich schildert die Mutter die blutigen Details, und sie glaubt ihr sofort.

Auf dem Weg zur Schule summt es hinter ihrer Stirn, als befände sich dort ein Bienenschwarm. Sie weiß nicht, wie es weitergehen soll, hat das Gefühl, nirgendwo hinzugehören. In der Pause bleibt sie neben einer Gruppe von Jungs stehen, zerbricht einen Kopierstift, steckt sich, für alle gut sichtbar, die Mine in den Mund. Sie will, dass man sie sieht, sie will nicht wirklich sterben. Sie verschluckt die Mine und wartet auf den Schrecken in den Augen ihrer Mitschüler, aber die beachten sie nicht weiter. Sie gibt ein ersticktes Gewinsel von sich, doch es klingt nicht echt, deshalb hört sie auf. Mittags berichtet sie Elvira von ihren Bauchschmerzen, und endlich kommt Bewegung in die Sache, ein Lehrer fährt sie ins Krankenhaus.

Sie wird gezwungen, becherweise Salzwasser zu trinken; sie erbricht sich, bis sie das Gefühl hat, ihre Eingeweide würden ihr zum Mund herauskommen.

Unter keinen Umständen will sie ihre Adresse nennen, sie will nicht nach Hause, nie mehr, das ist die einzige Auskunft, die sie zu geben bereit ist.

Sie bleibt ein paar Tage im Krankenhaus. Niemand besucht sie, außer einer Frau von der Jugendhilfe, die ihr mitteilt, dass sie vom Krankenhaus direkt in ein Heim kommen wird.

16

Sie ist die Neue. Sie sitzt in einem großen Raum und wird von allen gemustert, ständig öffnet sich die Tür, und ein anderes Gesicht gafft sie an. Sie hört Gekicher, schnappt Satzfetzen auf: Hast du die Neue gesehen, ist die dürr, sieht aus wie ein Junge, die Neue heult. Natürlich heult sie nicht, sie ist nur hungrig. Als das nächste Gesicht sie begafft, schaut sie undurchdringlich, verschränkt die Hände hinter dem Nacken und versucht gelangweilt zu wirken. Es dauert eine Weile, bis sie aus dieser Haltung erlöst wird, eine junge Frau kommt auf sie zu und reicht ihr die Hand. Ich bin Fräulein Keulitz, deine Erzieherin, sagt sie. Komm mit, ich zeig dir alles. Ihre Stimme klingt freundlich.

Sie folgt ihr die Treppe hinauf in den zweiten Stock, einen langen Flur entlang, es riecht nach Essen, und sie versucht die Gerüche zu entschlüsseln: Sie kann sich nicht zwischen Braten und Gulasch entscheiden, Kraut ist auf jeden Fall dabei. Als die Erzieherin eine Tür öffnet, verstummen die Stimmen dahinter. Die beiden Mädchen am Tisch sitzen da wie Ölgötzen, schauen bewegungslos in ihre Richtung, und Fräulein Keulitz wedelt mit der Hand durch die Luft, bemüht sich, die Rauchschwaden zu zerteilen. Hab ich euch erwischt, sagt sie, diesmal ist der Ausgang futsch.

Das Mädchen mit dem schwarzen Lockenkopf springt auf, entschuldigt sich, versucht Reue zu zeigen: Das war das letzte Mal, wir rauchen nie wieder, ehrlich, ganz, ganz ehrlich, sagt sie, die Blonde neben ihr lässt nur den Kopf hängen, als wäre es zu anstrengend, ihn aufrecht zu halten.

Sie scheinen damit durchzukommen, denn Fräulein Keulitz stellt ihr die beiden Mädchen vor, ohne weiter auf das Rauchverbot einzugehen. Andrea hat ein zartes Gesicht, dünnes, blondes Haar und einen großen Busen, Carmen, das Mädchen mit dem Lockenkopf, verdreht vielsagend die Augen, als sie ihr die Hand reicht, an ihrem Kinn prangt ein kreisrunder brauner Fleck, der mit winzigen Härchen bedeckt ist, und obwohl sie nicht hinsehen will, muss sie diesen Fleck anstarren, der ihr wie ein Stück Fell vorkommt.

Die beiden Mädchen schlafen im Doppelstockbett, ihr wird das Einzelbett neben dem Schrank zugewiesen. Bei der Aufnahme in der Kleiderkammer erhält sie eine Nummer, die Vierunddreißig wird in jedes ihrer Kleidungsstücke genäht. Sie probiert Hosen, Pullover, Kleider, alles zu groß, selbst die Blusen schlackern an ihr herum, nur Ärmel und Hosenbeine passen von der

Länge her. Die Sachen sind getragen und selbst für sie nicht besonders attraktiv.

Die Erzieherin begleitet sie durch das Haus, erklärt ihr Regeln und Pflichten – eine Menge Dinge sind verboten –, zeigt ihr den Gruppenraum im ersten Stock und die übrigen Räume, führt sie durch das weitläufige Gelände und macht sie mit den anderen Erzieherinnen bekannt. Den Heimleiter lernt sie im Vorübergehen kennen, er ruft ihr zu, sie solle sich die Haare zusammenbinden; er ist ein korpulenter Mann, sein Gesicht von roten Äderchen durchzogen, er gibt ihr nicht einmal die Hand oder stellt sich vor, und seine Stimme klingt ärgerlich.

Beim Abendessen ist ihr Blick vor Müdigkeit verschleiert, sie nimmt die Gesichter um sich herum kaum wahr, registriert nicht, was sie isst, obwohl sich ihr überreizter Hunger mit der Schärfe einer Klinge in den Magen gebohrt hat.

In der ersten Nacht wacht sie ständig auf, in ihrem Kopf wirbeln die Gedanken umher, sie stellt sich ihren Bruder Elvis vor, sein Näschen, die glucksenden Geräusche, wenn sie ihm die Flasche gibt. Sie muss daran denken, wie der Vater ihr erzählt hat, dass die Mutter sie als Säugling ersticken wollte und er dies nur durch seine Wachsamkeit verhindern konnte. Sie will keinen Gedanken mehr an ihre Mutter verschwenden, doch immer wieder schreckt sie atemlos aus dem Schlaf.

Als sie am nächsten Morgen aufwacht, dringt Kuchengeruch durch die Tür. Es ist Sonntag. Sie bleibt im

Bett liegen, bis Andrea und Carmen wach werden, ihre Fragen beantwortet sie zögerlich. Wo kommt sie her, warum ist sie hier, hat sie was angestellt? Was soll sie dazu sagen, so richtig weiß sie selbst nicht, warum sie hier ist. Sie spürt, wie sie unter ihren neugierigen Blicken linkischer wird und die Mädchen das Interesse an ihr verlieren. Sie macht einfach das, was sie auch tun, zieht das Laken glatt, faltet die Steppdecke, folgt ihnen in den Waschraum. Sie gibt sich den Anschein von Gelassenheit, als sich die anderen nackt an ein rundes, steingraues Waschbecken stellen, über dem Becken sind in Brusthöhe mehrere Wasserhähne, die Mädchen waschen sich, putzen die Zähne, spucken das Gurgelwasser geräuschvoll aus. Während sie sich des Schlafanzugs entledigt, hat sie das Gefühl, dass alle Augenpaare auf sie gerichtet sind, sie meint, ein Kichern zu hören, und möchte vor Scham im Boden versinken.

Später reiht sie sich in die Schlange vor dem Speisesaal ein, Jungs und Mädchen stehen laut redend hintereinander. Sie steht schweigend da, und als ihr jemand auf den Rücken tippt, dreht sie sich um. Ein rothaariger Junge zeigt ihr grinsend sein Pferdegebiss und sagt: Da hängen zwei Fäden an deiner Schürze herunter.

Sie guckt und guckt, kann keine Fäden an ihrer nagelneuen Schürze entdecken. Sie erkennt nur an dem einsetzenden Gelächter, dass es sich um einen Scherz handeln muss, und braucht noch eine Weile, bis sie merkt, dass mit den zwei Fäden ihre Beine gemeint sind.

Das Kinderheim liegt an einer Landstraße, der große, mit Birken bewachsene Garten dahinter grenzt an eine Gänsefarm. Das Haus ist ein Bau aus den zwanziger Jahren und steht so vereinzelt in der Landschaft, als wäre es vom Himmel gefallen. Die Eingangstür aus Eichenholz lässt sich nur schwer öffnen, über der Tür steht in roten Buchstaben: Kinderheim Geschwister Scholl.

Im Erdgeschoss sind der Gemeinschaftswaschraum, die Küche, der Speisesaal und hinter einem Flur die Schuhputzkammer. Die Treppe zu den oberen Stockwerken hat einen kleinen Absatz, dort hängt hinter einer Glastafel ein Plakat mit den zehn Geboten der sozialistischen Moral. Das zweite Gebot lautet: »Du sollst Dein Vaterland lieben und stets bereit sein, Deine ganze Kraft und Fähigkeit für die Verteidigung der Arbeiter-und-Bauern-Macht einzusetzen.«

Wie soll sie ein ganzes Land lieben, fragt sie sich, wenn sie nicht einmal ihre Familie lieben kann, und warum heißt Vaterland Vaterland, würde ihr Vater ein Land regieren, ginge es dort drunter und drüber. Die anderen neun Gebote erscheinen ihr genauso komisch, das dritte Gebot lautet: »Du sollst helfen, die Ausbeutung des Menschen durch den Menschen zu beseitigen.« Wie soll sie das anstellen? Dem Heimleiter seinen Wartburg wegnehmen und einem Ärmeren schenken? Seine privaten Wohnräume befinden sich in einem zweistöckigen Anbau, direkt neben dem Heim, am Wochenende arbeiten dort die Jungs aus der Gruppe der Großen, gerade sind sie dabei, eine Sauna einzubauen. Dafür bekommen sie Vergünstigungen, dürfen rauchen und bis nach Mitternacht in der Diskothek bleiben. Während die Kinder aus der Gruppe der Kleinen und Mittleren alle Anweisungen strikt befolgen müssen, werden die großen Jungs mit Nachsicht behandelt. Herr Nissen, der Heimleiter, steht oft bei ihnen, sie grillen, trinken Bier in der flirrenden Sommerluft, während die anderen Kinder nur von Weitem zusehen dürfen. Mit ihr hat Herr Nissen noch kein persönliches Wort gewechselt, obwohl er ihren Namen in die Liste der positiven Gruppe eingetragen hat. Seine halslose Gestalt erinnert sie an eine Rohrdommel, der Bauch scheint schon am Kinn zu beginnen, und er läuft etwas steifbeinig, als müsse er das Gehen noch üben. Wochentags erklingt seine Stimme pünktlich um sechs Uhr morgens durch den Lautsprecher und ruft zum Frühsport auf. Keines der Mädchen hält sich daran, sie trotten schlaftrunken in den Waschraum, und erst nach dem Frühstück, wenn sie den Schulweg antreten, werden sie langsam wach. Die Strecke vom Heim in den nächsten Ort beträgt drei Kilometer, sie laufen, den Ranzen auf dem Rücken, in Zweierreihen hintereinander, und noch immer hat sie sich mit keinem der Kinder angefreundet, sie bleibt für sich, redet nur, wenn sie angesprochen wird.

In der Schule sitzt sie neben Carmen, deren Spitzname Radatte lautet, sie sind in der Klasse die beiden einzigen Heimkinder. Sie mustert die anderen und wird von ihnen gemustert, von den Jungs wird sie offenbar für nicht tauglich befunden, für nicht schön, etwas in dieser Art müssen ihre Blicke bedeuten, das spürt sie genau, und auch die Mädchen scheinen mit ihr nichts anfangen zu können.

Es gibt eine kleine Bibliothek im Gruppenraum, dort sitzt sie, auch an den schon warmen Sommertagen, hört durch das Fenster die Gänse krakeelen und versinkt in den Märchenwelten, hält sich bei den Feen auf, den Trollen und Derwischen. Sie liebt die Sonntage, frühmorgens blättert sie leise die Buchseiten um, während die anderen noch schlafen und der Kuchenge ruch sich im ganzen Haus ausbreitet. Der Kuchen wird von der Bäckerei aus dem Nachbardorf geliefert, Eierschecke mit einer zarten Bienenstichkruste, luftiger Käsekuchen, Streuselschnecken, schokoladenüberzogener Marmorkuchen mit Kirschen, der Schneewittchen heißt, und dieses Paradies auf Blechen verströmt einen Duft, der ihr fast den Atem nimmt.

Ihr Platz im Speisesaal ist an der Stirnseite eines Sechsertisches, ihr gegenüber sitzt ein unglaublich fetter Junge. Dieser August Kreische hat einen ähnlichen Hunger wie sie, Kartoffeln, Fleisch, Wurstbrote verschwinden blitzschnell in seinem Mund, und noch während er sich die glänzenden Lippen leckt, muss der Tischdienst seinen Teller nachfüllen. Niemand wagt, ihm zu widersprechen, er ist der Älteste in der Gruppe der Großen, und dem Anschein nach ist ihm alles egal; mit einem Fingerschnipsen bringt er die anderen Kinder dazu, ihm ihren Nachtisch zu bringen, die Erzieherinnen sehen darüber hinweg; es kümmert ihn auch nicht, wenn ein Speichelfaden in seinem

Mundwinkel hängt oder Flecke seinen Pullover zieren, er hat nur Augen für das Essen auf dem Tisch. Als sie sich weigert, ihm ihren Pudding zu überlassen, hievt er sich wortlos von seinem Stuhl, geht zu ihr, gibt ihr eine Kopfnuss und nimmt sich ihren Pudding. Der Schlag dieser Pranke wirft ihren Kopf herum, sie sieht Sterne und schafft es trotzdem, nicht loszuheulen.

Es gibt zwei Köchinnen im Kinderheim, die ihre Arbeit so gut verstehen, dass sie sich wie im Schlaraffenland vorkommt; stehen Hefeklöße auf dem Speiseplan, schafft sie zwölf Stück, und danach steckt sie sich als Vorrat noch zwei große Klöße in ihre Schürzentaschen. Doch zu ihrem Leidwesen nimmt sie kein Gramm zu, schon gar nicht an den richtigen Stellen, sie kommt sich wie eine Stabheuschrecke vor oder ein Stelzvogel; lange, schlaksige Gliedmaßen, zwei Brustwarzen, der Bauch leicht geschwollen und ein nackter Hamster zwischen den Beinen. Samstags ist Duschtag. In dem großen Gemeinschaftswaschraum gibt es einen abgetrennten Teil, in dem die Mädchen nebeneinander unter zehn an der Decke befestigten Duschen stehen, und am liebsten möchte sie sich diesem Reinigungsritual entziehen, denn die Blicke der anderen Mädchen sind unerbittlich. Aber auch die Jungs, die Mittel und Wege finden, sich das Duschspektakel anzusehen, sind nicht zimperlich. Gerippe hat 'nen nackten Hamster, schallt es durch den Raum. Gerippe ist einer ihrer Spitznamen, ansonsten wird sie noch Speiche oder Hungerhaken gerufen.

In der Schule bekommt sie gute Noten, obwohl sie während des Unterrichts heimlich liest. Vor ihr sitzt Constanze, die Klassenschönste, deren langes, blondes Haar manchmal auf ihre Schulbank fällt, und sie muss sich Mühe geben, es nicht zu berühren. Sie weiß nicht, ob sie das schöne Haar und den Menschen, der es besitzt, lieben oder hassen soll; sie möchte diese Haarpracht in ein Tintenfass tauchen, beschmutzen, anspucken, aber dann möchte sie auch darin versinken, ein Teil von so viel Schönheit sein.

Als sie eine Grammatikarbeit schreiben, bemerkt sie, wie Constanze die leeren Heftseiten anstarrt, und sie wirft ihr geschickt einen Spickzettel zu. In der Pause bedankt sich Constanze bei ihr mit dem Anflug eines Lächelns.

Der Schulweg führt an einer Kirschplantage vorbei, an Feldern und Gehöften, die Sonne brennt auf den Asphalt, bei Westwind liegt der strenge Geruch nach Schweinestall in der Luft. Die Insekten lärmen, begleiten jeden ihrer Schritte, sie stellt sich vor, wie Bienen und Ameisen miteinander reden. Manchmal hebt sie einen Stein auf, trägt ihn ein paar Schritte bei sich, doch dann muss sie zurückgehen – in ihrer Vorstellung hat sie den Stein seiner Familie entrissen, deshalb muss sie ihn an genau die Stelle zurücklegen, wo sie ihn gefunden hat.

Sie kann nicht anders, sie muss August Kreische den Nachtisch verweigern, obwohl sie seine Kopfnüsse fürchtet. Als der Tischdienst das Schälchen mit Götterspeise vor ihr abstellt, löffelt sie schnell das rote, süße Glibberzeug in sich hinein.

Gerippe? In dieser Frage liegt ein so ungläubiger Ton, dass es still am Tisch wird.

Sie gibt vor, ihren Spitznamen zu überhören, kratzt mit ihrem Löffel über die leere Schale.

August Kreische beugt sich zu ihr herüber, und seine Augen verwandeln sich in schmale Schlitze. Du kommst nachher zum Rapport, sagt er und lehnt sich wieder zurück.

Sie steht als Erste vom Tisch auf, huscht schnell hinaus, und als sie sich in der Tür noch einmal kurz umdreht, hat der dicke August einen derart verblüfften Ausdruck im Gesicht, als hätte er zum ersten Mal bemerkt, dass es Jungs und Mädchen gibt.

Erst Stunden später schaffen es zwei seiner Hofschranzen, sie zu fassen. August Kreische verzichtet auf seine Kopfnüsse, dafür muss sie sein Zimmer putzen, den Schrank aufräumen und seine Schuhe auf Hochglanz polieren.

Es ist Samstagmittag, und zum Nachtisch gibt es Schokoladeneis. Bisher sind alle ihre Eisportionen im Magen von August gelandet, und diesmal hat er sie besonders im Auge. Kaum steht das Eis auf dem Tisch, winkt er schon einfordernd mit der Hand zu ihr herüber. Sie überlegt nur kurz, dann beugt sie sich über das Eis und bespuckt es schnell mit kleinen Spritzern von allen Seiten. Die Kopfnüsse machen ihr diesmal nichts aus, mit einem erhabenen Gefühl löffelt sie das Schokoladeneis, ganz langsam.

Andrea aus ihrem Zimmer scheint ihre Nähe zu suchen; sie fragt sie nach den Büchern, die sie liest, nach ihrer Familie. Andrea geht auf die EOS und kommt nur am Wochenende ins Heim. Sie hat einen Freund, einen richtigen Freund. Nachdem sie sich im Gruppenraum auf dem Sofa Erlebnisse aus ihrem Leben anvertraut haben, erfährt sie, dass es Andrea schon gemacht hat. Sie will nicht nachfragen, dumm erscheinen, also nickt sie, versucht ein wissendes Nicken hinzubekommen. Andrea ist in ihrem Alter, doch statt Spinnenbeinen hat sie runde Schenkel und einen großen Busen, sie sieht nach Sex aus, und trotzdem hat sie es als Einzige aus dem Heim geschafft, auf die EOS zu gehen, sie wurde für ihr gutes Russisch ausgezeichnet, und seitdem ist ihr Spitzname Mui, das heißt im Russischen: wir. Sie hat schon von Mädchen gehört, die es machen, doch hat sie sich diese immer als verdorben vorgestellt, und Mui entspricht in nichts diesem Bild.

Die Mädchen haben Geheimnisse, die sie einander anvertrauen. Ehe eine die verborgene Welt der anderen betreten darf, werden Schwüre ausgetauscht, flüsternde Stimmen wehen durch die Zimmer, und einmal hingeflüstert, scheinen die Geheimnisse ein Eigenleben zu führen, so als würde jedes Mädchen eine Botschaft vor sich her tragen: Seht her, ich hab den Schwanz meines Vaters ausgehalten, die Fäuste des Liebhabers meiner Mutter; als wäre dies alles noch sichtbar auf ihrer Haut.

Angesichts solcher Erfahrungen erscheint ihr das eigene Schicksal weniger schlimm, die erlebten Demütigungen fast bedeutungslos.

Um Mui zu beeindrucken, erfindet sie für sich einen Freund, einen Freund, der mit ihr geht. Sie weiß nicht, warum sie ihn humpeln lässt und er auf einem Auge blind ist – dafür gibt sie ihm eine beeindruckende Tätigkeit: Er arbeitet auf dem Rummel, bei den Karussells. Mui versteht zuerst nicht, wie er von Wagen zu Wagen springen kann, wenn er doch humpelt – er humpelt nur leicht, ganz leicht, antwortet sie und macht ihr vor, wie er sein Bein nachzieht. Natürlich gab es Küsse, über alles andere weigert sie sich zu sprechen.

17

Sie sitzt auf der Bettkante und beobachtet, wie Mui und Carmen ihre Koffer packen, die Luft ist erfüllt vom Gesumm ihrer erwartungsvollen Stimmen. Sie wird nicht wie die anderen in den großen Ferien nach Hause fahren; die Mutter will sie nicht sehen.

Als der Bus am Horizont verschwindet, steht sie immer noch da und winkt.

Im Heim ist es ungewohnt still, sie geht in den Waschraum, zieht sich aus und dreht die Duschen auf. Keiner sieht sie und kann sich über sie lustig machen, sie springt umher, lässt die kleinen, harten Wassertropfen auf ihre Haut prasseln, bis es wehtut. Sie steht vor dem großen Wandspiegel und kann nicht einschätzen, was der ihr zeigt: nicht mehr Kind, aber auch nichts anderes, ein Nichtkind, Nichtmädchen, ein spindeldürres Ding dazwischen; sie geht ganz nah an den Spiegel heran, quetscht ihre Nase gegen das Glas, macht einen Kussmund.

Sie findet eine Ferienarbeit. Frühmorgens fährt sie mit dem Fahrrad aufs Feld, um Rüben zu verziehen. Während die Sonne aufgeht, lockert sie mit der Hacke die Erde, dann kriecht sie auf allen vieren die Reihen entlang, zieht die schwachen Pflanzen und das Unkraut heraus, lässt nur die starken Rüben stehen. Schon bald schmerzt ihr Rücken, eine Rübenreihe scheint endlos lang, die Sonne brennt bald unbarmherzig, nach einer Woche ist ihre Haut dunkelbraun.

Doch dann stürzt sie auf einer frisch geteerten Straße vom Fahrrad, die kleinen scharfen Asphaltsteinchen schürfen ihr die Haut vom Oberschenkel, sodass unter dem Dreck das rohe Fleisch zu sehen ist.

Ein Arzt kommt ins Heim, untersucht sie und gibt ihr eine Tetanusspritze. Sie muss für ein paar Tage im Bett bleiben.

Sie liest noch einmal *Der Graf von Monte Christo*, begleitet Edmond Dantès auf seinen Etappen durchs Leben, kostet mit ihm am Ende den Moment der Rache aus. Sie wünscht sich, mit jemandem über das Buch zu sprechen, einen Menschen, der ihre Begeisterung teilt.

Die Hitze im Zimmer macht sie träge, sie kommt sich wie in einem Backofen vor. Die Wunde an ihrem Bein ist mit einem flüssigen Pflaster übersprüht, fasziniert betrachtet sie, wie winzige Eiterwürmer die zarte Pflasterschicht durchbrechen. Sie denkt an Mui, versucht sich ihren Freund vorzustellen, malt sich aus, wie es beide miteinander machen. Ein Prickeln durchläuft ihren Körper, zieht sich in der Mitte zusammen, sie wünscht sich, jemand würde sie genau dort berühren. Sie erinnert sich an die Sommertage in der Heide, als sie eng mit Steffi tanzte. Sie lässt ihre Hände zwischen den Beinen verschwinden, bewegt sie genauso, wie Steffi es ihr gezeigt hat; nach einer Weile scheint es, als würde sich eine innerliche Explosion in ihr vorbereiten, und doch kann sie nicht aufhören, es ist schön, heiß, unbekannt.

Schläfrig und gleichzeitig rastlos treibt sie durch die nächsten Tage. In der Ferne das unentwegte Schnattern der Gänse, nachts bleibt sie lange wach. Als das Wetter umschlägt, Sommerstürme durch die Luft toben, beginnt sie von ihrem Bruder Elvis zu träumen. Wenn sie morgens erwacht, meint sie, ihren Bruder zu riechen, als würde er neben ihr liegen. Sie sieht ihn vor sich, sein Babylächeln, seine mit Flaum überwehte Babyglatze, sie stellt sich vor, über seinen kleinen Bauch zu pusten, ihn zu kitzeln, sie hört ihn vor Vergnügen glucksen. Sie bekommt ihren Bruder nicht mehr aus dem Kopf. Auch als sie wieder aufstehen darf, ist ihr, als würde sie ihn wie ein Sehnsuchtspaket mit sich herumtragen; der Geruch von Milch löst einen Brechreiz in ihr aus. Sie wird schon vor Sonnenaufgang wach, liegt da, ohne sich zu bewegen, wünscht sich, sie wäre eingefroren, unter einer eisigen Schneeschicht begraben. Sie muss ihren Bruder sehen, aber sie weiß nicht, wem sie sich anvertrauen kann. Sie versucht sich Fräulein Keulitz mitzuteilen, doch wie soll sie Sehnsucht erklären? Ihr ist zum Knochenkotzen, die Traurigkeit sitzt ihr wie ein bockiges Gefühl in der Brust. Sie hält es nicht aus, kann es nicht aushalten, und so schleicht sie sich früh an einem Wochentag aus dem Heim. Während sich der Himmel rot färbt, läuft sie durch die warme Morgenluft, es sind ungefähr fünfzig Kilometer, die sie von ihrem Bruder trennen. Sie folgt den unebenen Straßen, vorbei an den mit Unkraut überwucherten Wiesen, an Getreidefeldern, Gehöften, grau verputzten Einfamilienhäusern. In der nächsten Kleinstadt steigt sie in den Zug. Sie verschließt die Toilettentür hinter sich, und auf dem Klodeckel sitzend, horcht sie auf die Stimme des Schaffners. Sie verlässt die Toilette erst, als sie am Hauptbahnhof einfahren. Früh abends steht sie vor der Kinderkrippe, doch da ist ihr Bruder längst abgeholt. Erschöpft läuft sie durch die Straßen. Sie übernachtet in einer Laube, träumt schlaflos vor sich hin – noch nie ist ihr eine Nacht so lang erschienen.

Sie traut sich nicht in die Nähe ihres Hauses, und so steht sie viel zu früh vor der Kinderkrippe. Die Fenster in den Häusern sind noch dunkel, die Straßen leer. Als die ersten Erzieherinnen kommen, versteckt sie sich, und es scheinen noch einmal Jahrhunderte zu vergehen, ehe sie Alex mit ihrem Bruder Elvis entdeckt. Sie wartet, bis Alex mit dem Kinderwagen vor ihr stehen bleibt.

Was machst du denn hier?, sagt er und entblößt seine Zähne zu einem Schrecklächeln.

Elvis erkennt sie, das sieht sie genau, doch als sie ihn aus dem Wagen nimmt, beginnt er zu weinen. Sie trägt ihn auf dem Arm umher, bedeckt sein Gesicht mit Küssen.

Was ist los?, sagt Alex und blinzelt sie an.

Wie soll sie ihm erklären, was er ohnehin nicht begreifen wird, was nicht mal sie versteht, sie kann ihm ja nicht sagen: Ich liebe Elvis wie niemanden sonst auf der Welt, als wäre er mein Kind; sprachlos zuckt sie mit den Schultern.

Elvis weint, er kommt ihr größer vor, schwerer in ihren Armen, aus denen er sich befreien will, er strampelt wild, weint lauter, brüllt; sie versucht ihn zu beruhigen, murmelt tröstende Worte, ich bin's, du kennst mich doch.

Inzwischen umstehen sie Leute, Mütter werfen ihr komische Blicke zu, eine Erzieherin will ihr Elvis wegnehmen, sie spürt Hitze von allen Seiten auf sich eindringen, die Knie werden ihr weich. Elvis stemmt laut schreiend Hände und Füße gegen sie, sie kann ihn kaum noch halten, alles kommt ihr unwirklich vor, die vielen Gesichter um sie herum wie eine einzige verschwommene Fratze, die Stimmen überschlagen sich, und dann lässt sie sich Elvis aus den Armen nehmen. Sie steht da und versucht sich zu erklären, doch sie weiß nicht, was sie sagen soll.

Die Polizisten führen sie ohne viel Umstände zum Wagen, und als sie einsteigt, erhascht sie einen Blick auf Alex' Gesicht, eine Grimasse aus Angst und Verwunderung, er hat den Mund aufgerissen, als wolle er den Himmel verschlucken.

Auf dem Revier wird sie verhört. Sie antwortet

schnell, abgehackt, bekommt kaum Luft: Sie wollte doch nur ihren Bruder sehen, und sie versteht nicht, was daran strafbar sein soll.

Sie wird mit dem Auto in die Nebelgasse gebracht, in ein Durchgangsheim für jugendliche Straftäter.

Eine dicke Frau nimmt sie in Empfang, gibt dem Polizisten eine Unterschrift, als wäre sie ein Paket, das abgeliefert wird. Die Frau sitzt ihr gegenüber, starrt sie stirnrunzelnd an, ihre Fragen wirken gelangweilt, und sie weiß nichts darauf zu antworten. Sie weiß nicht, was sie verbrochen haben soll, versteht ihre Schuld nicht, ist unfähig, etwas Böses in ihrem Handeln zu entdecken. Abermals versucht sie sich zu erklären, obwohl es ihr peinlich ist, von ihrer Sehnsucht zu sprechen.

Die Frau überfliegt die Unterlagen, die vor ihr auf dem Tisch liegen. Du bist kein unbeschriebenes Blatt, sagt sie, die Republikfahndungen nach dir kosten den Staat allerhand Geld, und dazu noch Diebstahl und Einbruch.

Sie beharrt darauf, dass es diesmal anders ist, und erwähnt, dass sie im Kinderheim auf der Liste der positiven Kinder steht.

Das scheint zu wirken, die Dicke verlässt den Raum, verspricht mit dem Heimleiter zu telefonieren.

Sie spürt Erleichterung, betrachtet die Topfpflanzen auf dem Fensterbrett, das Gesicht von Honecker im Bilderrahmen, seinem allmächtigen Blick kann sie in keinem Winkel des Zimmers entgehen.

Nach einer Weile kommt die Frau zurück, in ihrem

Lachen schwingt Verärgerung mit. Man lernt nie aus, sagt sie, du bist doch eine gute Lügnerin.

Sie glaubt, sich verhört zu haben.

Ich zieh mir die Hose doch nicht mit der Kneifzange an, fährt die Dicke fort, dein Heimleiter sagt, ich soll dir kein Wort glauben, du seist ein besonders tückisches Exemplar, ein ausgekochtes Luder, eine Schande für das Heim.

Eine Schande für das Heim? Sie schluckt schwer, versteht gar nichts mehr.

Das muss eine Verwechslung sein, sagt sie.

Ach ja? Die Dicke schaut in die Luft und ist keiner Erklärung mehr zugänglich, sie wedelt mit den Händen, als wolle sie Mücken verscheuchen, steht wie eine Wand vor ihr – eine Wand aus Fett, denkt sie wütend, und die Ungerechtigkeit schnürt ihr die Luft ab.

Die dicke Frau scheint ebenfalls wütend zu sein. Wir werden ja sehen, sagt sie, in einem Ton, als sei sie gekränkt, enttäuscht worden und als habe sie deshalb ein Recht auf ihre Wut.

Sie wird von der Dicken unsanft am Ellbogen die Treppe hochgeführt, an Jugendlichen vorbei, die sie neugierig anstarren. Sie gehen einen Gang entlang, dann schließt die Dicke eine Tür auf und bedeutet ihr einzutreten. Sie hört, wie die Tür hinter ihr zugeschlagen und abgeschlossen wird, als sie sich umdreht, ist sie allein. Die Zelle ist düster, die schmutzige Glasscheibe vergittert, an der Wand steht eine Pritsche, daneben ein Eimer zum Pissen. Sie stellt sich vor das geschlossene Fenster, sieht durch die Gitterstäbe auf ein flaches

Dach, an dessen Seiten in der Sonne blinkende Glasscherben befestigt sind. Wieso ist sie hier? Warum darf sie ihren Bruder Elvis nicht sehen? Sie beginnt zu heulen, heult laut und hemmungslos. Was hat sie verbrochen? In ihren Ohren rauscht es. Wofür wird sie bestraft?

Sie hört ein Schaben, Wispern, Lachen, das Guckloch wird an der Außentür geöffnet, doch als sie zur Tür geht, kann sie niemanden erkennen. Der Tränenschleier verstellt ihr den Blick, und die Perspektive durch das Glasloch ist verwirrend. Sie setzt sich auf das Bett, spürt einen ekligen Geschmack im Mund und einen nagenden Hunger. Ein scharfer Geruch nach Desinfektionsmitteln liegt in der Luft, sie fühlt sich schwindlig. Sie will hier nicht sein.

18

Als sie ins Kinderheim zurückkommt, steht ihr Name auf der Liste der negativen Kinder. Am ersten Tag nach den Ferien nimmt sich Herr Nissen Zeit, sie vorzuführen, schildert beim Appell ausführlich ihre Vergehen. Ohne mit der Wimper zu zucken, hört sie sich alles an, während sie mit der Zunge die übelsten Schimpfwörter an ihren Gaumen schreibt: Arschkrampe, Bazille, Asselarsch.

Ungerecht behandelt zu werden ist ihr vertraut, doch dieser Zorn darüber ist für sie neu. Die Einsicht, dass sie nicht liebenswert ist, erfüllt sie nun mit trotziger Aufsässigkeit.

Als August Kreische das nächste Mal ihren Nachtisch einfordert, ist sie fest entschlossen, sich das nicht gefallen zu lassen. Ruhig sieht sie ihm entgegen, duckt sich weg unter seiner Faust, nutzt seine Überraschung und springt ihn an. Sie reißt an seinen Haaren, kratzt, spuckt, pariert seine Schläge. Ihr Atem geht wild, sie kann gar nicht mehr aufhören, um sich zu schlagen. Sie ist schneller, wendiger als der Fettsack, und sie ist böse.

Ihr Ansehen bei den Mädchen ist gestiegen, und sie entdeckt, dass sie andere zum Lachen bringen kann, sie erfindet ständig neuen Unsinn. Sie parodiert die Schwächen der Erzieherinnen, macht den Heimleiter nach, seine Angewohnheit, die Augen leicht nach oben zu rollen, oder seinen steifbeinigen Watschelgang. Sie beendet seine langsamen Sätze, die manchmal in der Luft hängen bleiben, setzt unter dem Gekicher der Mädchen die irrsinnigsten Satzbrocken in die Lücken. Wir alle haben das Ziel, sagt er beispielsweise, und sie fügt hinzu: eine Gemeinschaft von Idioten aufzubauen.

Die Mädchen wollen ihre Geheimnisse mit ihr teilen; es freut sie, und gleichzeitig ist sie eingeschüchtert durch das Vertrauen, das die Mädchen ihr plötzlich entgegenbringen. Als sie von sich erzählen soll, findet sie zuerst keine Worte, doch dann denkt sie sich Geschichten aus, erzählt vom einem aus dem Irrenhaus entflohenen Verrückten, der sie verschleppt und tagelang in einer Höhle gefangen gehalten hat. Die entsetzten Blicke ihrer Zuhörerinnen empfindet sie wie einen Ritterschlag. Darauf bedacht, das Entsetzen in den Gesichtern zu halten, lässt sie sich bereitwillig ausfragen, schildert furchterregende Details. Als sie sieht, dass die Mädchen ihr glauben, sind die Geschichten auch für sie wahr. Die Jungs beäugen sie misstrauisch, und obwohl sie versucht, so finster auszuschauen, als würde sie ihren Tod planen, wünscht sie sich, die Jungs würden sie anders ansehen.

Sie ist merkwürdigen Stimmungen ausgesetzt, es gibt Stunden, da bringt sie nichts aus der Ruhe, dann wieder lässt der Flügelschlag eines Schmetterlings die Luft um sie herum erzittern, sie weiß nicht, wohin mit ihrer Energie, könnte ausrasten vor Ungeduld, und immer fühlt sie sich hungrig.

Die Speisekammer befindet sich in einem kleinen Anbau, gleich neben der Küche, die Vorräte sind dort in Regalen gelagert. Das vergitterte Fenster steht offen, über die Gitterstäbe ist ein grünes Fliegennetz gespannt. Niemand käme auf die Idee, dass ein Mensch durch die schmalen Zwischenräume passen könnte, doch sie hat gelernt, wenn der Kopf durchkommt, dann schafft es auch der ganze Körper. Mit einem einzigen Schnitt durchtrennt das Messer in ihrer Hand das Fliegennetz. Ihr Kopf passt mühelos durch die Gitterstäbe, ihr Körper schiebt sich schlangengleich hinterher, nur hat sie nicht mit dem Eimer Apfelmus gerechnet, der innen unter dem Fenster steht. Mit einem Fuß landet sie in dem Eimer, und als sie laut flucht, pressen sich Kindergesichter von außen an die Gitterstäbe. Sie verteilt alles, was sie in die Hände bekommt, Schokolade, Bonbons, Kokosflocken, Geleeschnitten, Kekse, dann geht der Zwieback raus und Obst, sie kommt sich vor, als würde sie einen gefährlichen Einsatz leiten. Als sie nach wenigen Minuten wieder nach draußen klettert, empfangen sie die anderen mit Applaus.

Nicht einmal der Heimleiter kann sich vorstellen, dass jemand durch die Gitterstäbe passt, aber woher haben die Diebe den Schlüssel für die Speisekammer?

Warum ist das Fliegenfenster zerschnitten und das Apfelmus über den Boden verschmiert? Diese Fragen stellt Herr Nissen beim Montagsappell, und er verlangt die Namen der Täter, doch niemand antwortet ihm. Auch später wird sie nicht verpetzt, und für eine Weile fühlt sie sich unverwundbar.

Aus ihrem Spitznamen Gerippe ist Rippchen geworden, nur ein paar Jungs rufen sie noch Speiche und Hungerhaken, doch es macht ihr inzwischen weniger aus.

Seitdem sie der Klassenschönsten mit ihren Spickzetteln zu guten Deutschnoten verholfen hat, sind sie beinahe befreundet. Während des Unterrichts darf sie ihr mit einer kleinen Schere die ungesunden, gesplissten Haarspitzen abschneiden, sie darf ihr weiterhin Spickzettel zuwerfen, und in den Schulpausen erhält sie dafür von ihr Ratschläge über Frisuren und den richtigen Nagellack. Wenn Constanze mit ihr redet, hat sie das Gefühl, weniger hässlich zu sein, als würde ein Funken ihrer Schönheit auf sie überspringen und den Unterschied zwischen ihnen verwischen.

Vor den Weihnachtsferien erfährt sie, dass sie die Feiertage im Kinderheim verbringen muss. Ihr ist sofort klar, dass sie abhauen wird, sie wird Elvis in der Kinderkrippe besuchen. Diesmal weiht sie Miu und Radatte ein, die ihr beide anbieten, sie könne Heiligabend bei ihnen zu Hause verbringen.

Morgens auf dem Schulweg stemmt sie sich gemeinsam mit den anderen Kindern gegen den kalten, rauen Wind; irgendwann bleibt sie zurück, kramt so lange in ihrem Ranzen, bis die anderen hinter einem Hügel verschwunden sind. Sie läuft querfeldein zur Autobahn, zum ersten Mal trampt sie. Ein LKW hält quietschend neben ihr, und als sie einsteigt, hat sie das Gefühl, erwachsen zu sein. Auf die Frage des Fahrers, wo sie bei diesem Wetter hinwolle, erfindet sie einen Schulausflug und einen verpassten Bus. Der Fahrer scheint ihr zu glauben, er bietet ihr Kaffee aus einer Thermoskanne an, für den Rest der Fahrt starrt er wortlos auf die Straße. Er setzt sie am Hauptbahnhof ab, und als sie vor dem großen Sandsteingebäude steht, durchfährt sie wehmütige Freude; sie begrüßt den Hauptbahnhof, als wäre er ein alter Bekannter. Sie hat sich vorgenommen, ihren Bruder Elvis erst am Tag vor Heiligabend in der Kinderkrippe zu besuchen, dann würde die Polizei nicht mehr mit ihr rechnen.

19

Die erste Nacht will sie bei der Mutter von Radatte schlafen. Als sie an der Tür klingelt, erscheint hinter dem ovalen Fensterchen ein altes Frauengesicht, das stirnrunzelnd irgendetwas Unverständliches nuschelt. Nachdem sie ihr glaubhaft versichern konnte, dass sie die Freundin ihrer Tochter ist, öffnet die Frau die Tür und lässt sie herein. Die Wände in der Wohnung sind vollständig mit Bierdeckeln bedeckt, es riecht ungelüftet und nach Essensresten. Die Frau geht in die Toilette, und als sie wieder herauskommt, sieht sie weniger alt aus. Mein Gebiss, sagt sie, vergess ich immer.

Radattes Mutter setzt sich auf ein zerschlissenes rotes Samtsofa, bietet ihr den Platz neben sich an und beginnt mit flacher, tonloser Stimme zu reden; erzählt von ihrem Mann, der Geburt von Radatte, ihrer eigenen Kindheit, unterbricht sich nur, um einen Schluck aus der Bierflasche zu trinken. Radattes Mutter redet unentwegt, und sie nickt, als wäre sie ein lang erwarteter Gast und nur hierhergekommen, um ihr zuzuhören. Später holt die Frau ein Stück Hackbraten aus der Küche, kannste aufessen, sagt sie, während sie selbst nichts anrührt. Gegen Mitternacht stehen viele leere Bierflaschen auf dem Boden. Radattes Mutter ist völlig betrunken, und obwohl ihr die Worte wegrutschen, redet sie noch immer. Irgendetwas muss sie ihr mitteilen wollen, eine wichtige Botschaft – würde die Frau nicht sonst endlich den Mund halten? Ihr fallen die Augen zu, ihr Kopf sinkt auf die Sofalehne, und noch im Halbschlaf umhüllt sie das lallende Gemurmel.

Als sie frühmorgens erwacht, leuchtet es hell, sie sieht vor dem Fenster große Schneeflocken durch die Luft taumeln. Sie betrachtet die Bierdeckel an den Wänden, die aus der ganzen Welt stammen, auf einigen der runden Pappdeckel entdeckt sie sogar chinesische Schriftzüge. Auch die Toilette ist mit Bierdeckeln tapeziert; sie versucht die Spülung leise zu ziehen, doch als sie das Wohnzimmer betritt, steht Radattes Mutter vor ihr. Sie sieht immer noch betrunken aus, ihre Augen liegen tief in den Höhlen, ihr Gesicht ist kalkweiß. Doch es scheint nichts mehr zu geben, worüber sie sprechen will, ohne ein Wort verschwindet sie wieder in ihrem Zimmer. Der Schnee knallt inzwischen als heftiger, weißer Regen an die Fensterscheiben. Sie geht in die Küche, öffnet den Kühlschrank, nimmt sich eine Limo heraus, schlendert durch die Wohnung. Ihr fröstelt, sie berührt die kalten Ofenkacheln, versucht sich Radatte hier vorzustellen. Nach einer Weile zieht sie sich an und geht auf die Straße.

Den Vormittag verbringt sie im Zeitkino, dann streift sie durch den Bahnhof, steht vor der Mitropa und sieht hinter der schweren Glastür ihre Mutter. Die Mutter trägt einen Minirock unter der weißen Schürze, in ihrer hochtoupierten Frisur steckt ein glitzernder Haarreif, und sie lächelt – diese Mutter kommt ihr unwirklich vor. Was würde geschehen, wenn sie ihr winken würde und laut rufen: Hallo, ich bin's, deine Tochter. Sie will es lieber nicht darauf ankommen lassen.

Es ist Mittagszeit. An einem Kiosk lässt sie Schokolade und Kekse mitgehen, und als sie überlegt, sich noch einmal im Zeitkino aufzuwärmen, steht ein Polizist vor ihr. Sie gibt einen falschen Namen an, bleibt auch auf dem Bahnhofsrevier stur bei ihrer Behauptung, sie sei Mercedes, die Verlobte von Edmond Dantès.

Welche Geschichte hat sie sich denn diesmal ausgedacht, fragt die Dicke bei ihrer Ankunft in der Nebelgasse den Polizisten. Ihr fleischiges Gesicht bleibt ausdruckslos, als er ihr von dem falschen Namen erzählt.

Ich weiß, wie sie heißt, sagt sie und zieht spöttisch die Augenbrauen hoch, sie ist ein ganz schön ausgekochtes Luder.

Ein Luder, wiederholt der Polizist.

Wir sind also wieder einmal abgehauen, sagt die Dicke.

Sie antwortet nicht, nur ihr Magen gibt ein knurrendes Geräusch von sich.

Während die Dicke spricht, zerhackt ihr ausgestreckter Zeigefinger die Luft, als sei die Luft ihr persönlicher Feind.

Sie hat keine Ahnung gehabt, dass sie so viele Vorschriften übertreten hat, dass es überhaupt so viele Vorschriften gibt, sie nickt, als hätte sie verstanden, dabei will sie nur ihre Ruhe. Sie hasst die Dicke, sie spürt den Hass wie einen dumpfen Druck in ihrem Bauch.

Heiligabend sitzt sie auf der Pritsche, allein in einer Zelle, blasses Licht dringt durch das vergitterte Fenster, Weihnachtslieder schallen durch den Flur, sie möchte sich am liebsten die Ohren zuhalten. Das Essen hat sie nicht angerührt, einen Apfel und ein Stück Weihnachtsstollen. Sie hockt sich über den grauen Blecheimer und pinkelt, überhört die gedämpften Stimmen hinter der Tür, genauso versucht sie das Knurren in ihrem Magen zu überhören. Sie nimmt den Apfel vom Teller und wirft ihn an die Wand, betrachtet höhnisch den Fleck, den er auf der grauen Farbschicht hinterlassen hat. Den Weihnachtsstollen zerbröselt sie, verteilt die Krümel über den Boden. Sie spürt einen großen Zorn, stellt sich vor, ihrem Heimleiter ein Messer in den fetten Bauch zu rammen und die Dicke in tausend Teile zu zerhacken.

Als sie nach drei Tagen ihre Zelle verlassen und in den Mädchenschlafraum überwechseln darf, versucht sie gleichmütig zu wirken, doch es nützt ihr nichts, die Dicke zählt ihre Untaten auf, mit einem hämischen Lächeln, das ihr Scheitern schon festgeschrieben sieht, jetzt und in alle Ewigkeit. Dennoch fühlt sie sich der Dicken überlegen, schon deshalb, weil die Frau nichts davon ahnt, dass sie längst zerhackt und blutig auf dem Boden liegt. Laut pfeifend folgt sie ihr über den Flur, als wäre es ein verrückter Traum, in dem sie sich bewegt.

In der Silvesternacht stehen die Mädchen im Schlafraum der Nebelgasse vor den vergitterten Fenstern, von denen aus man nur die gegenüberliegenden Mauern sehen kann. Um Mitternacht stellen sie sich die bunten Lichtblitze am Himmel vor, umarmen sich, stoßen mit eingeschmuggelten kleinen Schnapsflaschen auf die Zukunft an. Später liegen sie nebeneinander im Bett, ein Mädchen bei einem anderen, flüsterndes Gekicher erfüllt den Raum. Ungeschickt erwidert sie die Küsse einer kurzhaarigen Blonden, fühlt deren weiche Brüste unter dem derben Baumwollstoff, hört eingeschüchtert die stöhnenden Laute, als das blonde Mädchen sich an sie presst, und versinkt in einem Gespinst aus Federn und Haken.

20

In den letzten Wintertagen scheint der Schulweg kein Ende zu nehmen, in der Luft liegt eisiger Frost. Den Ranzen auf dem Rücken atmet sie hinter vorgehaltenen Händen. Erst wenn die Schule vor ihnen auftaucht, beginnen die Kinder zu reden. Die Schule ist ein flacher Sechzigerjahrebau, die grau verputzten Wände sind mit weißen Friedenstauben verziert. Im Staatsbürgerkundeunterricht beginnt sie Fragen zu stellen. Warum muss sie auf einem ihr zugewiesenen Territorium leben und darf es nicht verlassen? Was hat sie verbrochen, dass sie nie den Rest der Welt sehen darf? Und warum bringen ihr diese Fragen einen Tadel ein? Die Fragen sind doch in ihrem Kopf und verschwinden nicht einfach, bloß weil sie nicht ausgesprochen werden dürfen. Das versucht sie dem Lehrer zu erklären, der aber sieht sie an, als wäre sie ein Wesen vom Mars.

Ständig bettelt sie ihre Klassenkameraden um Schulbrote an, selbst im Unterricht muss sie essen. Sie hat das Gefühl, dass die Lehrer sie mögen. Die Deutschlehrerin lobt ihre Aufsätze, der Sportlehrer kritisiert ihre Faulheit mit dem Hinweis, dass sie die Beste sein könnte, wenn sie nur wollte. Doch ein kleiner Dämon in ihr scheint verhindern zu wollen, dass sie sich in der Schule anstrengt.

Ihre Konzentration reicht nur für Bücher. Mit einer Begeisterung, die sie sonst für nichts anderes aufbringt, liest sie Hemingway, Zola und Balzac; fast schlafwandlerisch verbringt sie ihre Freizeit auf dem Sofa im Gruppenraum, taucht nur zum Essen und Schlafen aus den Romanen auf. Sie ist erschüttert von den Geschichten, liebt ihre Romanfiguren voller Zärtlichkeit.

In den ersten Frühlingstagen kommt ein neuer Junge ins Heim. Er hat eine athletische Figur, blonde Haare, braune Augen, und er kann zielsicher durch seine Zahnlücke spucken – alle Mädchen sind sofort in ihn verknallt. Andy ist eine Klasse über ihr, ihm eilt der Ruf voraus, Mitglied der Gang vom Knochenplatz zu sein. Sein Haar ist wild und zerzaust, als der Friseur ins Heim kommt, bringt er es fertig, dass es ihm im Nacken nicht ausrasiert wird. Mit Andy beginnt eine neue Ära. Er weiß, wann und wo im Radio die Stones zu hören sind, er besitzt Fotos seiner Lieblingssänger aus Westzeitschriften, Frank Zappa grinst so teuflisch, als würde er direkt aus der Hölle kommen. Selbst Mädchen, die bisher nur Schlager gehört haben, begeistern sich plötzlich für Smokie, Musik aus dem Osten ist fortan verpönt, kein Frank Schöbel mehr, keine Chris Dörk.

Auch in der Schule fällt Andy auf, er schlendert lässig in seinen Nietenhosen durch die Gänge und tut so, als würde er die Blicke der Mädchen nicht bemerken. Vielleicht bemerkt er sie ja wirklich nicht. Constanze kann das Klingeln kaum erwarten, in jeder Pause sucht sie nach ihm und heftet sich an seine Fersen. Natürlich hat sie längst herausgefunden, dass er im Kinderheim lebt. Mit dir zusammen, sagt sie, Rippchen, wie gut du es hast; sie kann es kaum fassen, dass jemand so viel Glück haben kann.

Obwohl Andy sie bisher noch nicht einmal wahrgenommen hat, nutzt sie die Situation aus und berichtet Constanze, wie sich ihr Auserwählter im Heim benimmt, sie erfindet Eigenarten, macht ihn zu einem romantischen Helden. Sie schafft es sogar, Andy einen Brief von Constanze zuzustecken, dem Brief ist ein Foto beigelegt. Das Foto scheint ihn zu interessieren, auf dem Schulweg fragt er sie, in welche Klasse die hübsche Blonde denn gehe. Trotzdem antwortet er Constanze erst nach zwei weiteren Briefen, seine hingekritzelten Sätze versetzen die Klassenschönste in Euphorie.

Sie darf Constanze zu Hause besuchen, lernt ihre Eltern, den Bruder kennen, den schwarz-weißen Mischlingshund. Aus Constanze wird Conny, und diese Conny wartet schon vor Schulbeginn auf sie. Weil sie Angst hat, diese exklusive Freundschaft zu verlieren, beschreibt sie Conny sehnsuchtsvolle, verliebte Seufzer, zu denen Andy niemals fähig wäre. Geduldig beantwortet sie Connys Fragen, doch ihre neue Freundin ist unersättlich, und so muss sie ihr jede Antwort wie ein Mantra wiederholen. Ja, er hat nach dir gefragt, sagt sie, während sie auf dem Schulhof mit ihr auf und ab geht. Sie will, dass sie mit Conny gesehen wird, sie will, dass alle sehen, wie erwartungsvoll Conny sie ansieht. Sie ist nicht mehr irgendwer, in ihrer Macht liegt es, die Klassenschönste zum Weinen zu bringen.

Als sich Andy dann das erste Mal mit Conny trifft, im Eisladen, ist sie dabei. Sie beobachtet die beiden, kommt sich ausgeschlossen vor, über einen Witz von Andy lacht sie übertrieben laut, obwohl sie den Witz nicht einmal verstanden hat. Später wertet sie mit Conny das Treffen bis ins kleinste Detail aus, und fast ist ihr, als wäre sie selbst von ihm geküsst worden, so genau kann sie sich nach Connys Beschreibung Andys sanfte, unwiderstehliche Lippen vorstellen.

Andy verliebt sich in Conny, und so steigt sie von der Kupplerin zur Vertrauten auf, überbringt Briefe und mündliche Botschaften, nimmt Anteil. Sie kann Conny nun täglich nach Hause begleiten, in ein Reihenhaus mit einem Vorgarten voller Krokusse. Sie essen Spaghetti in der holzgetäfelten Küche, schauen Fernsehen, führen gemeinsam den Hund aus. Connys Eltern arbeiten im Schichtdienst in der LPG, der Bruder ihrer Freundin geht auf die EOS, er ist genauso schön wie seine Schwester, und offenbar freut er sich über ihren Anblick. Wenn Bernd sie begrüßt, klingt Rippchen wie etwas Besonderes. Verlegen lässt sie sich von ihm durchs Haus führen, sein Zimmer erstaunt sie: Die Wände sind fast vollständig mit Indianerplakaten bedeckt, sie kann Winnetou erkennen und Old Shatterhand, im Regal stehen Bände von Karl May. Sie kennt keine Jungs, die Bücher lesen – sie ist beeindruckt.

Die Mädchen im Heim registrieren genau, dass Andy, der total einfetzende Andy, ein Junge vom Knochenplatz, sich mit ihr abgibt. Das scheint ihren Status noch einmal völlig zu verändern. Die Mädchen wollen mit ihr über Jungs reden, sie scheint über Nacht eine Expertin in dieser Hinsicht geworden zu sein. Sie übt mit den anderen Mädchen, wie man richtig lacht; es gibt das raue, fiese Lachen, das nur gelacht wird, wenn keine Jungs in der Nähe sind, es gibt das vornehme Lachen, das nur in Verbindung mit dem ebenfalls geprobten Augenaufschlag gilt, es gibt das Lachen mit einem quietschenden Gluckser am Ende. Die Mädchen verteilen Zensuren für Küsse, und sie bekommt eine Drei minus bei der Kussprüfung, sie selbst verteilt großzügig bessere Noten. Sie träumen sich ihre zukünftigen Geliebten herbei, entwerfen Gesichter, die Filmhelden ähneln, den Jungs vom Rummelplatz oder ihren Vätern. Sie selbst würde sich nie eingestehen, dass sie in Andy verliebt ist, und sie hat auch nur eine resignierte Vorstellung von ihrem späteren Mann, die sie den anderen Mädchen nicht erzählt. Ihr späterer Mann ist älter als sie, er ist dick und bettlägerig, er hat einen Hund, mit dem sie Gassi geht. Sie darf dem dicken Mann das Essen bringen, die Bettwäsche wechseln, sie darf ihm vorlesen. Sie reden kaum miteinander, Berührungen sind ausgeschlossen, sie bekommt Geld für ihre Dienste. Diese Vorstellung macht sie natürlich nicht glücklich, doch sie denkt, dass sie nichts Besseres verdient hat.

Weil Andy sie in seiner Nähe duldet, akzeptieren sie auch die anderen Jungs, sie helfen ihr sogar, mit zwei Nähnadeln eine Tätowierung auf ihren Arm zu stechen, einen Totenkopf, der aussieht, als ob er frieren würde. Sie hält den Schmerz aus, ohne mit der Wimper zu zucken. Wenn Andy gute Laune hat, ist er freigebig mit seiner Zuneigung. Als sie ihn um ein Freundschaftsfoto bittet, begleitet er sie ohne Widerworte zum Fotografen. Es ist kurz vor Ostern, in den Schaufenstern stehen Papphasen herum, bemalte Eier liegen in Körben, und sie muss kurz an zu Hause denken. Mit dem Fotografen besprechen sie das Format, es soll ein Schwarz-Weiß-Foto ohne Schmuckrand werden und so groß wie ein Briefumschlag. Während sie schon erwartungsvoll in die Linse starrt, versucht Andy vor dem Spiegel, die Haare nach hinten zu einem Entenschwanz zu kämmen. Als das Blitzlicht den Raum erhellt, spürt sie seinen Atem im Nacken, dann ist es vorbei. Auf dem Heimweg fühlt sie wie aus dem Nichts Verdrossenheit in sich aufsteigen, sie hat keine Lust zu reden, ihre Freude ist wie weggeblasen, und ihre Wut kommt für sie selbst ganz unerwartet. Am liebsten würde sie sich wie ein Affe durch die Bäume werfen und laute Urwaldschreie ausstoßen.

Als sie frühmorgens das Blut zwischen ihren Beinen entdeckt, ist sie überrascht, obwohl sie natürlich Bescheid weiß. Sie läuft zu der diensthabenden Erzieherin. Ich blute, sagt sie zu Frau Nissen, der Frau des Heimleiters. Sie muss an das Schwein denken, das im vergangenen Herbst im Hof des Heimes geschlachtet wurde, an die Wanne voller Blut. Die Kinder hatten das Schwein vorher wochenlang im Holzschuppen mit Küchenabfällen gefüttert. Sie weiß nicht, wie sie mit dem Geruch klarkommen soll. Frau Nissen gibt ihr Binden und erteilt ihr Hygieneratschläge, die anderen Mädchen schauen komisch, weil sie sich so affig anstellt. Sie hofft, dass sich ihr Körper verändern wird, dass sie Brüste bekommt, ihr nackter Hamster endlich Haare.

Eigentlich ist ihr die Jugendweihe egal, doch ihr gefällt, dass sie fortan von den Lehrern gesiezt werden wird und dass sie einen Personalausweis bekommt. Als sie verschiedene Kleider für den Festakt probiert, versucht sie sich einzureden, dass sie zugenommen hat. Sie entscheidet sich als einziges Mädchen in ihrer Klasse für einen Hosenanzug. Aber auch dieses Oberteil schlackert an ihr herum, die Hose rutscht ihr über die Hüften, obwohl sie die Knöpfe am Bund versetzt. Sie besorgt sich den kleinsten BH, stopft ihn mit Watte aus und zieht eine dicke Trainingshose unter die Hose des Anzugs.

Während der Friseur ihr die Haare auf Lockenwickler dreht, erfährt sie, dass der Waldbrand im vergangenen Jahr ein Anschlag aus dem Westen gewesen ist, auch beim lange zurückliegenden Eisenbahnunglück an der Küste soll der Westen seine Hände im Spiel gehabt haben, vierundvierzig Tote, wiederholt der Friseur voller Abscheu, der Westen ist doch zu allem fähig.

Obwohl sie den Laden mit ganz bestimmten Vorstellungen betreten haben – Radatte zeigt ein Bild von Gina Lollobrigida, sie selbst möchte wie die Geliebte von D'Artagnan aussehen –, verlassen sie das Geschäft mit den gleichen Frisuren; die Haare sind aus der Stirn nach hinten gesteckt, vor ihren Ohren kringeln sich die Korkenzieher. Auf dem Gruppenfoto, das sie später in den Händen hält, haben alle Mädchen diese Frisur.

In der Schulaula sitzen die kostümierten Mädchen, die Jungs tragen Anzug und Krawatte, der Direktor spricht, die Schüler wiederholen das Gelöbnis im Chor, geloben den Frieden zu verteidigen, die feste Freundschaft mit der Sowjetunion weiter zu vertiefen. Die Worte rauschen an ihnen vorbei, abgenutzt und bis zum Überdruss gehört, sind sie nichts weiter als leere Worthülsen, bedeutungslos für ihren Alltag.

Die Frühlingssonne strahlt schräg und warm durch die Fenster, zeigt Risse an den Wänden, Flecke auf Honeckers Lächeln. Als sie nach vorn geht, um sich das Buch *Weltall, Erde, Mensch* abzuholen, rinnt ihr Schweiß vom Hals den Rücken hinunter, wattige Hitze umgibt sie, die Trainingshose klebt an ihren Beinen. Der Direktor reicht ihr die Hand, sagt etwas, neigt den Kopf zur Seite, sie versteht kein Wort. Sie nimmt alles wie hinter einem Schleier wahr, die neuen Jugendweiheschuhe drücken, mit den lächerlichen vier Zentimeter hohen Absätzen überragt sie den Direktor. Während sie zurück auf ihren Platz geht, die Augen auf das verblichene Muster des Teppichs geheftet, versucht sie das Bild von sich auszublenden, das Bild einer staksenden Missgeburt. In ihrer Stuhlreihe angekommen, prustet sie los, kann nicht mehr aufhören zu lachen.

Conny trägt ein rosafarbenes, mit Perlen besetztes Kleid, ihr Gang ist schwingend, das Haar fällt ihr über die Schultern, leuchtend und dick wie Honig. Doch die Fingernägel ihrer Freundin sind bis auf die Haut abgebissen. Conny denkt an später. Sie sagt, ihre Eltern mögen Andy nicht, und sie wird ihr Leben lang weinen, wenn er sie verlässt. Sie hat nicht geahnt, dass ihre Freundin zu solchen Ausbrüchen fähig ist, ein Leben lang weinen, fast beneidet sie Conny um diese Vorstellung.

Sie hat sich eine Mutprobe ausgedacht. Sie überredet Conny, mit ihr auf den Friedhof zu gehen. Der Schlüssel zu dem kleinen Kabuff neben der Kirche liegt unter einem Blumentopf. Hinter dem Vorhang ist tatsächlich eine Tote aufgebahrt, eine alte Frau mit gefalteten Händen, die Augen geschlossen. Während sie die Frau aus der Nähe betrachtet, versucht sie etwas zu empfinden, berührt die Haut, doch es ist nur ein kühler Widerstand, so hat sie sich den Tod nicht vorgestellt. Der Schreck, der sich noch einstellt, kommt von einem Windstoß, der den Vorhang aufbauscht, und mit einem lauten Kreischen rennt sie nach draußen. Conny folgt ihr, ebenfalls schreiend, sie laufen die schmalen Wege entlang, taumeln über Gräber, das Licht färbt die Grabsteine knochenweiß. Sie steigern sich in ihre Furcht hinein, fallen in eine Art Schüttelfrost, und trotzdem, als sie den Friedhof verlassen, ist ihr leicht und froh zumute – es hat gutgetan, dieses laute Schreien.

Am nächsten Morgen macht sie sich allein auf den Weg; es ist windstill, als sie den Friedhof betritt. Sie bleibt lange vor der Toten stehen, redet mit ihr, doch nach einer Weile gehen ihr die Worte aus. Sie steht da und versucht sich den Totenschädel vorzustellen, die Knochen. Sie legt ihre Hand dahin, wo sie das Herz vermutet, fühlt nur den kalten, feuchten Stoff, spürt keine Angst, nur ein leises Knacken hinter ihrer Stirn. Sie denkt, dass es keinen Unterschied machen würde, läge sie dort, nichts wäre auch nur ein kleines bisschen anders, dieselbe Luft würde sanft die Blätter streifen, genau dieser Staub durch das flimmernde Sonnenlicht tanzen. Sie holt tief Luft, verschiebt den Tod in die Unendlichkeit, die sie noch vor sich hat, so viele Jahre lang.

21

Im Kinderheim benimmt sie sich anders als in der Schule, wilder und aufsässiger. Radatte ist die Zielscheibe ihres Spottes. Sie äfft ihren sächsischen Akzent nach und macht sich lustig über ihre tranige Art, über ihr Muttermal. Ihrem Hohngelächter setzt Radatte ihr übliches verschlafenes Schweigen entgegen, und wenn Radatte doch einmal wütend wird, hat sie sich längst in Sicherheit gebracht. Von Weitem ruft sie: Radatte, Radattengewitter, du bist fett wie ein Zwitter. Dabei mag sie Radatte, doch sie ist wie getrieben, manchmal hört sie ihre Spottrufe, als kämen sie von jemand anderem.

Sie hat sich angewöhnt, nachmittags mit ein paar Mädchen ins nächste Städtchen zu laufen, um dort in den Geschäften klauen zu gehen. Inzwischen ist sie zur Meisterdiebin aufgestiegen, sie schafft es sogar, mit einer Verkäuferin zu reden und gleichzeitig mehrere Schlager-Süßtafeln zu stehlen. Die anderen Mädchen bewundern sie dafür, gleichzeitig fürchten sie auch ihre Wutausbrüche, wenn sie sich wieder einmal unfähig anstellen. Sie zeigt ihnen genau, wie es geht: Sie schlendert durch die Regalreihen, und während sie in der einen Hand eine Tüte Bonbons begutachtet, mit einem Gesicht, als würde sie nachdenken, schiebt die andere Hand das Diebesgut unter den Pullover oder in den Hosenbund. Sie hat schon zehn Tafeln Schokolade auf einmal geklaut und dazu noch eine Packung Präser mitgehen lassen, nur weil sie neben der Kasse lagen. Die sogenannten Gummifuffziger haben sie dann auf der Straße aufgeblasen und durch die Luft wirbeln lassen.

Doch als sie einmal zurück ins Heim kommen, müde, von der Hitze ausgelaugt, erwartet sie Herr Nissen gemeinsam mit seiner Frau bereits vor der Tür. Ihm sei zu Ohren gekommen, dass sie sich am sozialistischen Eigentum vergriffen hätten, dies sagt er wortwörtlich. Die anderen Mädchen sehen sie an. Vielleicht hätte sie nicht laut loslachen sollen, das passiert ihr in letzter Zeit öfter, und aus irgendeinem Grund hat sie mit der Ohrfeige gerechnet. Sie weicht aus, und so geht die Hand des Heimleiters ins Leere, was ihn sehr verärgert. Er räuspert sich und rotzt auf den Boden. Dann geht er auf sie los, doch seine Schläge sind seltsam kraftlos, weibisch, denkt sie, ihr Dauerlächeln scheint ihn zu reizen, er kann nicht aufhören, sie mit seinen schlaffen Patschhänden zu drangsalieren. Er lacht unangenehm, als er endlich die Hände bei sich behält. Seine Frau steht neben ihm und schaut zu.

Die Mädchen sind schockiert, finden die Sache skandalös, doch sie winkt nur ab, das ist die sozialistische Strafe für Diebstahl, sagt sie, wusstet ihr das nicht?

Sie fragt sich selbst, warum es ihr so wenig ausmacht, eine Antwort findet sie nicht; ein paar Schläge, denkt sie, na und, alles halb so wild, sie hat das Gefühl, als wäre nicht sie gemeint. Natürlich hasst sie den Heimleiter, noch mehr aber hasst sie seine feige Frau.

Als sie einmal keine Lust hat, in die Schule zu gehen, weil sie sich sicher ist, in der Mathearbeit eine Fünf zu schreiben, täuscht sie eine Bauchschmerzattacke so gut vor, dass eine Erzieherin den Krankenwagen ruft. Es überrascht sie, dass selbst die Ärzte darauf hereinfallen und ihren Blinddarm für entzündet erklären. Kurz darauf liegt sie auf dem OP-Tisch und starrt schläfrig in das grelle Licht über sich. Die Stimme der Schwester verhallt, und während sie ein riesiges Schachbrett auf sich zukommen sieht, durchfährt sie ein heftiger Schmerz. Ihr Mund aber bleibt geschlossen, sie kann nicht schreien, nicht einmal mit den Augen zwinkern, das Schachbrett nimmt Geschwindigkeit auf, stürzt hinab und zieht sie mit in die Tiefe.

Als sie aufwacht, ist ihr kotzübel, sie hat großen Durst und verflucht sich für ihre dämliche Ausrede. Sie liegt in einem großen Saal mit zwölf Betten. Sie stöhnt laut, verlangt etwas zu trinken. Sie darf zunächst kaum Flüssigkeit zu sich nehmen, erklärt ihr die Schwester, ehe sie einige Tropfen aus einem nassen Waschlappen in ihren Mund fallen lässt. Die nächsten Tage verträumt sie zwischen Fiebermessen, Hunger, Durst und Langeweile, sie hat nicht einmal ein Buch dabei.

Eine neue Patientin wird frisch aus dem OP in den Saal gerollt. Als sie wach wird, setzt sie sich sofort auf und sagt laut vernehmbar: Grüß Gott, alle miteinander, ich bin die Marianna. Die anderen Frauen tauschen Blicke aus, eine solche Begrüßung sind sie nicht gewohnt. Sie grüßen so leise zurück, als würde Honecker, der natürlich auch hier von den Wänden lächelt, sonst vor Schreck aus dem Bilderrahmen fallen. Marianna ist über dreißig, unter ihrem dunklen Haar schimmert hell die Kopfhaut hervor, sie trägt ein langärmeliges weißes Nachthemd. Als der Arzt sie untersuchen will, ziert sie sich wie ein junges Mädchen, lacht auf eine glucksende, schamhafte Art. Sie geht schon am ersten Tag allein auf die Toilette. Vor der Nachtruhe spricht Marianna laut ein Gebet.

Einmal kommt Marianna zu ihr ans Bett. Die Bibel kann Halt geben, sagt sie, während sich rote Flecke auf ihren Wangen ausbreiten, und der Herr ist für alle gestorben. Als Marianna dann gefühlvoll zu singen beginnt, hofft sie, dass niemand glaubt, ihr würde so etwas gefallen.

Ihr werden die Fäden gezogen, die Narbe auf ihrem Bauch ist groß und hässlich. Sie fährt mit dem Bus ins Kinderheim, eine Bibel und die Adresse von Marianna in der Tasche.

Die Sonne steht hoch und brennt. Oft haben sie ganze Tage hitzefrei. Sie ist dazu übergegangen, den BH mit

Socken auszustopfen, unter ihren langen Hosen trägt sie selbst bei der größten Hitze immer noch eine Trainingshose. Sie hat sich daran gewöhnt zu schwitzen.

Im Garten wird ein kleines Schwimmbad gebaut, sechs mal sechs Meter groß, die Patenbrigade aus den Buntgarnwerken hilft dabei. Die Männerstimmen schallen laut durch die Luft, vermischen sich mit dem aufgeregten Geschnatter aus der Gänsefarm. Sie liegt auf dem Sofa im Gruppenraum und kann nicht aufhören, in diesem Buch zu lesen, *Geliebte Söhne* von Howard Spring, noch nie hat eine Geschichte sie derart erschüttert. Es geht um Liebe, die Liebe eines Vaters zu seinem Sohn. Als sie den Roman beendet hat, ist sie so überwältigt und ergriffen, dass sie heult. Sie will Howard Spring danken, sie will ihm schreiben. Es gibt also jemanden auf der Welt, der sie versteht, obwohl er sie gar nicht kennt.

Als Mui das Buch ausgelesen hat, geben sie einander das Versprechen, ihre Kinder nach den Romanfiguren zu benennen, Maeve soll die Tochter heißen, Oliver der Sohn. Mui findet heraus, dass Howard Spring schon tot ist, sie trauern um ihn, mit dem Schwur, ihn niemals zu vergessen.

Das Schwimmbad wird eingeweiht, es sind fast vierzig Grad im Schatten, doch sie geht nicht ins Wasser. Sie hat keine Lust, dass die Jungs bei ihrem Anblick vor Lachen brüllen.

Die Tage scheinen wie eingeschlafen, sie sitzt auf einer Bank im Schatten und versucht ein Gedicht für die Schule zu lernen:

Und schleppen sie in den dunklen Wald.
Und zwölfmal knallt es und widerhallt.
Da liegen sie mit erloschenem Blick,
jeder drei Nahschüsse im Genick,
John Schehr und Genossen.

Sie mag das Gedicht, es geht ihr leicht über die Lippen, »John Schehr und Genossen«, wenn es nach diesen Zeilen ginge, wäre sie längst Sozialistin geworden. Auch wenn sie am späten Abend mit Radatte aus dem Singeclub kommt und sie *Sag mir, wo du stehst und welchen Weg du gehst* in den Sternenhimmel schleudern, ist ihr ganz patriotisch zumute. Es ist einfach, in den Liedern und Gedichten gerecht und ungerecht zu unterscheiden, doch im alltäglichen Leben sieht es anders aus.

Sie hat damit gerechnet, Marianna nicht anzutreffen. Doch als sie an ihrer Tür klingelt, öffnet Marianna ihr und scheint gar nicht verwundert, sie zu sehen. Sie machen einen Spaziergang, den See entlang. Die trockene Hitze knistert in der Luft, und Marianna will mit ihr über Gott sprechen. In der Mitte des Sees fahren Boote, sie hört das Lachen der Kinder und spürt ein Unbehagen in sich aufsteigen, Marianna muss doch wissen, wie es um sie steht. Doch Marianna kann nicht aufhören zu predigen, und sie fragt sich einmal mehr, für wen sie gehalten wird. Beim Abschied hält Marianna lange ihre Hand, umarmt sie mit einem Freudenglucksser und sagt ihr, wo die Schlüssel zu ihrer Wohnung liegen.

Als sie Marianna das nächste Mal besuchen will, bleibt es still hinter der Tür. Sie findet den Schlüssel und betritt die Wohnung. Sie entdeckt nur ein Kreuz an der Wand, sonst sieht alles ganz weltlich aus, wie eine ganz normale Wohnung. Was hat sie sich vorgestellt? Ein Lager aus Stroh? Sie geht durch das Wohnzimmer, betrachtet die Bücher im Regal, der Kühlschrank in der Küche ist fast leer, sie trinkt einen Schluck Waldmeisterlimonade. Sie öffnet die Schubladen, entdeckt zwischen der Wäsche zwei Stück Lux-Seife und im Badschrank eine Flasche 4711. Sie setzt sich in einen Sessel, wartete eine Weile, Sonnenlicht glitzert auf den blank gebohnerten Dielen. Als sie die Wohnung verlässt, sind die Taschen ihrer Trainingshose ausgebeult, es ist anders als sonst, wenn sie etwas geklaut hat. Sie hat ihre Eltern bestohlen, sonst fällt ihr niemand ein; Kaufhallen und Geschäfte zählen nicht. Auf dem Rückweg beeilt sie sich. Im Heim wäscht sie den Westgeruch aus ihren Sachen. Die Seife und das Kölnischwasser schickt sie ihrer Mutter.

Die nächsten Tage verbringt sie wie im Fieber, immer in der Erwartung, dass Marianna auftaucht und sie zur Rede stellt. Als sie das Ganze schon fast vergessen hat, ruft Herr Nissen sie zu sich ins Heimleiterzimmer.

Ich hatte heute Besuch, sagt er.

Sie antwortet nicht.

Komischer Besuch, murmelt er. Nennt sich Seelsorgerin.

Sie schweigt noch immer, starrt die Wand an.

Du siehst aus, als hättest du Zahnschmerzen, sagt er.

Nein, sagt sie, hab ich nicht.

Ich hoffe, du fängst nicht an zu beten.

Seine Stimme kommt ihr merkwürdig vor, sie sieht ihn an, seine Mundwinkel zucken.

Du hast 'ne Seele bestohlen, sagt er, und dann lacht er los, sein ganzer Körper bebt. Eine Seele, lacht er, ist dir das klar?

Sie nickt, schämt sich für sein Lachen.

Na gut, sagt er und scheint plötzlich müde. Ich will dieses christliche Gesocks hier nicht noch einmal sehen. Er nimmt eine Zeitung vom Tisch. Du kannst gehen, sagt er.

Sie schließt die Tür leise hinter sich. Aus irgendeinem Grund ist sie enttäuscht. In Gedanken nennt sie Marianna jetzt auch nur noch die Seele. Sie schafft es sogar, ihr Schuld zuzuweisen. Hat die Seele sie nicht hinterrücks beim Heimleiter verpetzt? Warum ist sie nicht zu ihr gekommen? Sie hätte sich entschuldigen können. Die Seele hat sie verraten.

22

In den Sommerferien darf sie nach Hause fahren. Die Mutter hat ihr geschrieben und sich für die schöne Seife bedankt. In den Nächten vor der Abreise hat sie versucht, sich das Wiedersehen auszumalen, doch die Bilder von der Mutter, den Brüdern blieben seltsam unvertraut. Sie nimmt sich vor, gehorsam zu sein, aber sich trotzdem nichts gefallen zu lassen, es soll alles gut werden, denkt sie.

Alex erwartet sie bereits hinter der spaltbreit geöffneten Tür. Die Mutter liegt im Bett und schläft. Elvis nuckelt am Schnorchel seines Bruders. Sie sitzt wie ein Gast in der Küche. Alex flüstert, obwohl ihn zwei geschlossene Türen von der schlafenden Mutter trennen. Alles ist so wie immer, sagt er und fragt ihr Löcher in den Bauch, ob im Heim Schläge verteilt werden oder Stubenarrest. Elvis erscheint ihr klein für sein Alter, und sie sucht vergebens nach etwas Vertrautem in seinem Gesicht.

Gegen Abend wird Alex unruhig, sie kann sehen, wie er angestrengt über den Flur lauscht, und als die Mutter in der Küche erscheint, wird sein Gesicht leer und ausdruckslos. Laut gähnend betrachtet die Mutter ihre Tochter. Bist du dünn, sagt sie, dünn wie ein Stock. Doch dann scheint sie sich zu besinnen, nimmt sie in die Arme, sagt, mein gutes Pferdchen.

Die Mutter wird schon am nächsten Morgen zu einer Urlaubsreise an den Balaton aufbrechen und erst am letzten Tag der Schulferien wieder da sein. Ich bezahle dich, du bekommst jeden Tag zehn Mark. Die Mutter entkorkt eine Weinflasche, zündet sich eine Zigarette an. Du kannst Mama spielen und wirst bezahlt dafür. Sie starrt abwesend dem Rauchfaden hinterher. Das hätte mir mal jemand bieten sollen.

Später im Bett hört sie die Mutter herumhantieren, singen und leise Flüche ausstoßen. Sie hat geglaubt, sie wäre stärker geworden, doch kein einziges Widerwort hat sie sich zu sagen, nicht eine einzige Frage zu stellen gewagt. Sie ist froh, dass die Mutter verreist.

In den nächsten Tagen geht sie mit ihren Brüdern einkaufen, füllt den Kühlschrank auf, brät Buletten, probiert einen Kuchen, der ihr gründlich misslingt. Sie stellt die Möbel im Kinderzimmer um, klebt bunte Bilder an die Wände. Anfangs nimmt sie ihre Aufgaben ernst, widmet sich Elvis und versucht ihm wieder näherzukommen. Sie liest ihm Märchen vor, macht verschiedene Tierstimmen nach, denkt sich kleine Theaterstücke aus, die sie ihm vorführt. Alex will sich nichts mehr von ihr sagen lassen, und einmal verpasst sie ihm eine Ohrfeige, über die sie selbst erschrickt. Er schlägt mit dem Kopf an die Wand, seine rechte Augenbraue platzt auf.

Die Sommertage ziehen sich, die Langeweile umgibt sie wie ein wabernder Dunst, sie hat keine Lust mehr zu kochen oder mit den Brüdern spazieren zu gehen, auch ins Schwimmbad will sie nicht. Oft hat sie Kopfschmerzen, fühlt sich nicht gut. Am liebsten möchte sie nur schlafen. Doch dann hält sie es im Bett nicht mehr aus und verlässt mit einer Ausrede die Wohnung, geht allein durch die Straßen oder ins Kino. Die Nachmittagsvorstellung zeigt eine Woche lang *Die Csárdásfürstin*, ein Film aus den fünfziger Jahren mit Johannes Heesters, und sie sitzt jeden Tag dort, neben seufzenden älteren Damen, die verzückt mitsummen.

Sie bleibt im Bett, liest in ihren alten Märchenbüchern, hört Radio – das Wohnzimmer mit dem Fernseher hat die Mutter natürlich verschlossen –, oder sie beobachtet die Arbeiter gegenüber in der Werkzeugfabrik.

Manchmal streitet sie mit Alex, will ihn dazu bringen, ihr zu gehorchen. Doch es gibt auch Augenblicke, in denen sie sich von ihm bezwingen lässt, dann liegt sie auf dem Bett, er kitzelt sie, bis ihr das Herz in den Ohren dröhnt, und während er ihr Nachgeben ausnutzt, sie verspottet, übermütig an ihr herumzerrt, spürt sie einen tiefen Frieden, sich nicht wehren zu müssen.

Als ihnen in den letzten Ferientagen das Geld ausgeht, zeigt sie Alex, wie gut sie sich aufs Klauen versteht. Sie schlagen sich den Bauch voll mit Schokolade, Bonbons und Lakritze; sie rätseln, ob Lakritze wirklich aus Pferdeblut besteht. Das dreckige Geschirr türmt sich, der Mülleimer quillt über, sie waschen sich kaum, es gefällt ihr, schmutzig zu sein.

Sie haben nicht damit gerechnet, dass die Mutter schon in der Nacht vor dem letzten Ferientag zurückkommt. Sie sind noch wach, von der Hitze entkräftet, können nicht schlafen. Als sich der Schlüssel im Türschloss dreht, denken sie zuerst an Einbrecher. Sie hören eine Männerstimme, dann die Stimme der Mutter, sie klingt aufgekratzt, beide Stimmen werden leiser, verschwinden im Schlafzimmer. Sie wagen kaum zu atmen, können es nicht fassen, so glimpflich davongekommen zu sein.

Obwohl Alex und sie frühmorgens gemeinsam versuchen, ihre Schmutzspuren zu beseitigen, ahnt sie bereits die Nutzlosigkeit ihres Unterfangens. Deshalb hat sie ihre Sachen schon gepackt. Als die Mutter den Mann verabschiedet hat und sie allein mit ihr in der Wohnung sind, scheint sich die Raumtemperatur zu verändern. Während Alex und Elvis angststeif in der Küche sitzen, sich unter den scharfen Tönen der Mutter wegducken, wirft sie trotzig den Kopf zurück und schnappt sich ihre Tasche. Sie will noch etwas Treffendes sagen, doch das Geschrei ist ohrenbetäubend geworden, übertönt sogar das Knallen der Wohnungstür.

Draußen vibriert die Luft vor Hitze, sie hat noch ein paar Stunden, bis der Bus abfährt, und läuft durch die Straßen. Sie entdeckt die alte, blinde Frau mit ihrem

Stock, stellt sich vor, wie sie die Frau am Arm nimmt und sie mitten auf der Fahrbahn stehen lässt. Sie malt sich aus, wie die Autos nicht mehr bremsen können, eine Massenkarambolage entsteht und die blinde Frau tot auf der Straße liegt. Eine Weile läuft sie der Blinden hinterher, doch dann sieht sie ihr Gesicht, das ihr uralt und einsam erscheint, und sie verspürt Mitleid mit ihr. Sie geht in die Kaufhalle und schlendert dort durch die Gänge, lässt ihre Hand lässig über die Schokolade im Regal gleiten, während ihr Blick ganz woanders weilt, und als sie das Geschäft verlässt, hat sie reichlich Proviant in ihrer Tasche. Bis zum Abend streift sie ziellos umher, geht ins Kaufhaus und probiert Kleider an, doch alle hängen viel zu groß an ihr herum, sie zieht den Reißverschluss an einem der Kleider so heftig zu, dass er kaputtgeht.

Am Busbahnhof begrüßt sie Mui, Radatte, die anderen Kinder. Anders als auf der Hinfahrt sitzen sie diesmal verhalten im Bus, keine Freude in den Gesichtern, dafür blaue Flecke und der Wunsch, in Ruhe gelassen zu werden. Es wird ihr nie wieder passieren, nimmt sie sich vor, hoffnungsvoll irgendwohin zu fahren.

23

Manchmal muss sie einfach so lachen, über nichts, genauso abrupt kann ihre Stimmung in Zorn umschlagen. Ihr Strichkörper hat winzige Hügel bekommen, zwei geschwollene Brustwarzen, die sie misstrauisch beäugt, ihr Hamster ist mit dunklem Flaum bedeckt, ihre Füße erscheinen ihr riesig. Sie hat das Gefühl, anders zu riechen als sonst. Als sie einmal nach der Schule bei Conny im Garten sitzt, glaubt sie zu bemerken, dass Bernd sie anstarrt. Er fragt sie, ob sie noch einmal seine Indianerposter sehen will. Sie folgt ihm die Treppe hinauf, betrachtet Winnetou und Old Shatterhand an den Wänden, spürt ihn hinter sich stehen und atmen. Er legt sacht seine Hände auf ihre Schultern, dann zieht er sie auf sein Bett und küsst sie.

Auf dem Weg zurück ins Kinderheim fühlt sie sich verstört, sie kann es nicht glauben, dass der schönste Junge im Ort sie gemeint hat mit seinen Küssen. Warum hat er sie geküsst? Ist er in sie verliebt? Sie beschließt, verliebt zu sein. Abends bittet sie Radatte, ihr noch einmal die Kussprüfung abzunehmen. Eigentlich findet sie Küssen langweilig, nach einiger Übung bekommt sie eine Zwei minus.

Das nächste Mal beginnt Bernd nach ihrer Brust zu tasten, sie wehrt sich, von Scham überwältigt, dass er die Socken in ihrem BH fühlen könnte. Er darf alles, nur ihrer Brust darf er nicht zu nahe kommen. Er geht behutsam vor, küsst sie vorsichtig auf Schultern und Hals, seine Hand ist vor allem an einem Punkt interessiert, und der sitzt zwischen ihren Beinen. Diese Berührungen scheinen ihm besondere Freude zu bereiten, und wird sie nicht wenigstens dort wie alle anderen Mädchen beschaffen sein?

Sie ist nun wirklich verliebt, hat alle Symptome, von denen Mui und Conny ihr berichtet haben: Sie bekommt kaum Luft, und sie lässt die letzte Begegnung wie einen Film immer wieder in ihrem Kopf ablaufen. Aber sie fühlt noch etwas anderes, Angst, dass sich alles als ein Irrtum herausstellt, als ein böser Scherz, denn es bleibt ihr nach wie vor ein Rätsel, warum sich Bernd ausgerechnet mit ihr abgibt.

Er geht mit ihr im Wald spazieren, und sie spürt weder die warme Luft, noch nimmt sie etwas anderes wahr, sie ist nur darauf bedacht, alles richtig zu machen. Sie ist noch nie mit einem Jungen spazieren gegangen. Sie bemüht sich, ihm nicht ihr Profil zu zeigen, sie findet ihre Nase zu groß. Deshalb sieht sie ihn dauernd an, und bald schmerzt ihr der Nacken. Bernd hat eine Decke dabei, auf einer Lichtung breitet er sie aus.

Er küsst sie sofort, diesmal anders als sonst, kräftiger, nicht so zärtlich. Aus der Ferne ertönt das Geschnatter der Gänse, doch eigentlich ist sie viel zu weit von der Farm entfernt, um es hören zu können, der Wind muss von Südwest kommen, denkt sie, obwohl sie doch gar nichts von Windrichtungen versteht. Sie zieht sich selbst die Hosen aus, damit er die Trainingshose darunter nicht bemerkt. Dann liegt sie regungslos da, blinzelt in den Himmel, sie kann Federwolken erkennen, eine Wolke ähnelt einem Schaf, einem Schafsbock mit schneckenförmig gedrehten Hörnern, vielleicht ist es eher ein Mufflon, denkt sie, oder ein Steppenschaf, und sie glaubt sich zu erinnern, dass die Weibchen nur kurze Hörner besitzen, wenn überhaupt.

Als sie aufstehen, fliegen Vögel mit lauten Rufen durch die Abendluft. Wir haben Fortschritte gemacht, sagt Bernd, das nächste Mal klappt es bestimmt. Sie hat keine Ahnung, ob sie überhaupt will, dass irgendetwas klappt, doch sie nickt, versucht ein Lächeln. Auf ihrer Haut glüht ein unbehaglicher Funkenregen, sie schämt sich, einerseits möchte sie ihm alle seine Wünsche erfüllen, doch will sie auch keine von denen sein, die es gleich machen.

Während der nächsten Tage versucht er es immer wieder, sie sieht ihm seine Verzweiflung an, doch sie kann ihm nicht helfen. Dann übergibt Conny ihr den Brief. Armes Rippchen, sagt sie. In dem Brief schreibt Bernd, dass es ihm leidtue und dass er ein Schwein sei. Natürlich schreibt er auch: Es ist aus. Sie hat es erwartet. Sie ist nur überrascht, dass er meint, er sei ein

Schwein. Sie versteht kein Wort, eigentlich versteht sie gar nichts.

In den nächsten Tagen kann sie nichts essen. Ihr Nacken schmerzt vor Anspannung, doch der restliche Körper ist von einer großen Schlaffheit befallen, als wäre ihr das stützende Skelett abhanden gekommen. Sie geht in die kleine Kirche auf dem Friedhof und betet, sie wünscht sich ihn verzweifelt herbei. Sie will ihn nur wiedersehen, weiter nichts.

Wochenlang regnet es, Herbststürme fegen über die Felder. Das Wetter passt zu ihrer Stimmung: Auch sie würde am liebsten tobsüchtig durch die Felder jagen und die Bäume peitschen. Die Mädchen im Heim haben unter ihrer Laune zu leiden. Ihre Stimme hat einen unduldsamen Ton angenommen. Es hat den Anschein, als würden die anderen sie meiden, und das macht sie noch zorniger.

Als Radatte ihr einmal erzählt, sie habe Bernd auf der Straße gesehen, piekt sie ihr in jäher Wut mit dem Zeigefinger in eine ihrer Brüste, was ihr eine Ohrfeige einbringt. Als hätte sie nur auf diese Ohrfeige gewartet, rempelt sie Radatte an, du bist tot, schreit sie, schreit sich in ihre Wut herein, packt halb blind mit beiden Händen Radattes Haare, kann nicht aufhören zu schlagen. Radatte hat überrascht und abwehrend die Hände erhoben, die anderen Mädchen stehen erschrocken um sie herum, doch keine wagt einzugreifen.

Ein Mädchen, das sie an ihren Bruder Alex erinnert, muss täglich ihr Bett machen und das Zimmer aufräumen. Das Mädchen wird Puppi gerufen, sie hat ein schielendes Auge, das sie versucht, mit ihrem lockigen Haar zu verdecken. Puppi kann ihr nichts recht machen, denn sie entdeckt immer einen Fehler, und weil das so ist, wird sie von ihr bestraft. Puppi wehrt sich nie, sie weint nur lautlos, wenn sie die zwei Kopfkissen links und rechts auf Hüfthöhe halten muss, und wehe, die Kissen sinken. Dann wird Puppi von ihr verprügelt oder bekommt eine andere Strafe, sie ist da sehr fantasievoll. Sie dreht ihr die Arme auf den Rücken und führt sie in eine Ecke. Bei Vollmond muss sie auf die Knie und heulen wie ein Wolf, manchmal hält auch die Stehlampe her, die Puppi anheulen muss, bis sie heiser ist oder die anderen Mädchen ihre Nachtruhe einfordern.

Warum wehrt sich niemand gegen sie? Sogar Mui weicht vor ihr zurück, und sie ist keine, die sich einschüchtern lässt. Sie möchte so nicht sein, empfindet Abscheu vor sich selbst. Ein roher Zorn scheint in ihr zu toben, ein Zorn, der ihr wie ein wildes, gefährliches Tier vorkommt. Manchmal attackiert sie die Luft mit den Fäusten oder sie schreit unter ihrem Federbett.

Wenn die Mädchen abends im Bett liegen und flüstern, ist sie darauf bedacht, alles wiedergutzumachen. Sie erfindet Geschichten, entwirft Mui und Radatte eine wundervolle Zukunft, sie dichtet die Nationalhymne um, versucht die anderen zum Lachen zu bringen. Doch meistens endet es mit einer weinerlichen Selbstanklage, ich hab es nicht so gemeint, sagt sie, und sollte ich sterben, werde ich am Tag meines Todes in euren Träumen erscheinen, wenn ihr von einem Hasen träumt, der Purzelbäume schlägt, dann wisst ihr, dass ich tot bin.

Samstags warten die großen Mädchen ungeduldig, dass die Nachtwache ihren letzten Rundgang macht. Frau Polcke ist alt und schwerhörig, sie haben nichts von ihr zu befürchten. Sie wissen, dass die alte Frau gegen zehn Uhr abends das letzte Mal kontrolliert, ob alle in ihren Zimmern sind, danach geht sie nach unten in den Gruppenraum und schläft am Tisch sitzend ein. Die Mädchen klettern den Blitzableiter herunter und springen vom Dach der Veranda auf den Boden. Sie laufen in den nächsten Ort, lachen laut, sind ausgelassen. Manchmal steht auch Conny mit ihrer blauen Schwalbe vor dem Heim, dann fahren sie gemeinsam mit fliegenden Haaren durch die kühle Nachtluft. Ihr Ziel ist die Diskothek, vor der Andy schon auf Conny wartet. Er geht früher los, täuscht die Nachtwache, indem er ein Geschöpf aus Handtüchern statt seiner unter der Decke im Bett platziert. Während Andy mit Conny knutscht, tanzt sie mit den anderen Mädchen. Natürlich haben sie das Tanzen vorher geprobt, sie hat eine Zwei minus bekommen. Als sie einmal von einem Jungen aufgefordert wird, spürt sie ihre Wangen rot werden. Doch als ein langsamer Tanz kommt und er sie anfassen will, lässt sie ihn einfach stehen und verlässt die Tanzfläche, obwohl *Hey Jude* von den Beatles gespielt wird.

Als sie in der Schule *Kabale und Liebe* für die Abschlussfeier einstudieren, erhält sie die Rolle der Lady Milford. Sie lernt ihren Text mit Hingabe, probt immer wieder vor dem Spiegel. Sie wünscht sich, Ferdinand wäre in sie verliebt und nicht in Luise, die natürlich von Conny gespielt wird. Ferdinand ist im wirklichen Leben ein Junge aus der Parallelklasse, der dem amerikanischen Sänger Dean Reed ähnelt, für den sie schon eine ganze Weile schwärmt. Statt seiner scheint sich der Sekretär Wurm für sie zu interessieren, ein Bauernjunge mit dunklen Haaren und einem melancholischen Gesicht, der in der Schule drei Reihen vor ihr sitzt. Sie hat Ludwig, der Ludi gerufen wird, nie attraktiv gefunden, aber nun, da sie für ihn in Frage kommt, betrachtet sie ihn genauer. Er hat breite Schultern, trägt Pullover mit Lederflicken am Ellbogen, und er wird von den anderen Schülern geachtet. Ludis Eltern besitzen einen eigenen Bauernhof, sie haben Pferde, Kühe und Hühner. Seine Küsse sind zaghaft, ganz anders als die von Bernd, und als er einmal zufällig ihren immer noch ausgestopften BH berührt, wird er rot. Sie fährt mit ihm auf dem Moped durch die Dörfer, nachts wartet er vor dem Heim auf sie, und wenn sie in der Disco zusammen tanzen, hält er die Augen geschlossen. Doch dann ist er von einem Tag auf den anderen verschwunden. Sie erfährt, dass er eine seltene Blutkrankheit hat und in die Charité nach Berlin gebracht wurde. Erst durch seine Abwesenheit spürt sie, dass sie ihn mag, glaubt sogar, in ihn verliebt zu sein.

Ludi bleibt lange fort. Es ist längst Winter, ein knochenkalter Winter, die Schule fällt oft aus, weil die Heizung defekt ist. Die Lehrer verschieben die Proben für das Theaterstück auf den Frühling.

Mit der Schulklasse fährt sie nach Dresden in die Gemäldegalerie. Sie versucht vor den Bildern zu stehen, als wäre sonst niemand da, sie versucht dem Gekreuzigten sein Leid nachzufühlen. Vor der *Sixtinischen Madonna* verharrt sie in Bewunderung, und doch misstraut sie diesem Eindruck, ihre Bewunderung erscheint ihr wie vor sich selbst gespielt. Es bleibt eine Irritation, die fortan wie ein Irrlicht in ihr aufflackert.

Sie leiht Conny ihr Lieblingsbuch, *Geliebte Söhne*. Doch jedes Mal, wenn sie nachfragt, erklärt Conny, sie sei noch nicht dazu gekommen, das Buch zu lesen. Sie wirft Conny vor, sich nur für Jungs zu interessieren, sie verlangt von ihr, das Buch zu lesen, sie stellt ihr ein Ultimatum. Obwohl Conny es dann zu lesen beginnt, reicht ihr das plötzlich nicht mehr aus.

An einem Abend geht sie mit ihr auf den Hof, um eine zu rauchen. Die Luft ist von Regenschlieren durchzogen, das Fenster von Bernd glänzt dunkel, er hat sich für drei Jahre bei der Armee verpflichtet, und doch versucht sie, sein Zimmer hinter dem Glas zu erkennen, bevor sie zu reden beginnt. Als könnte er sie hören, wählt sie ihre Sätze mit Bedacht. Sie klagt ihre Freundin der Oberflächlichkeit an. Sie steht mit verschränkten Armen vor ihr und beendet mit pathetischen Worten ihre Freundschaft. Als Conny etwas entgegnen will, winkt sie ab, es ist vorbei, sagt sie.

24

Sie befreundet sich mit Sputnik, einem Mädchen aus der Parallelklasse. Sputnik ist die Schnellste im Langlauf, ein schmales, drahtiges Mädchen, nur Sputnik kann sich im Laufen mit ihr messen. Sie wohnt mit ihren sieben Geschwistern und ihrer verwitweten Mutter in einem windschiefen Haus an einem Bach. Dort treffen sich die größeren Jungs aus der Umgebung. Die meisten der Jungs machen ihre Lehre in der LPG, Sputniks ältester Bruder beendet gerade seine Lehre in einer Gärtnerei und will später Friedhofsgärtner werden.

Nach der Schule sitzt sie mit ihrer neuen Freundin am Ufer des Baches, nach und nach trudeln die Jungs ein. Das erste Frühlingslicht fällt auf ihre bleichen Wintergesichter, die sie hungrig in die Sonne halten, und dabei paffen sie Zigaretten, schnipsen die Kippen ins Wasser und beobachten, wie sie langsam davontreiben. Auch Mädchen sind dabei, sie kann sich ihre

Namen schlecht merken, weil sie oft wechseln: Nicole aus dem Friseurladen, deren Arsch aus dem Rock platzt, Christa mit der fleckigen Haut, Regina, dreißig, also steinalt, noch eine Nicole, die nur zweimal kurz auftaucht.

Harry, einer der Jungs, nennt sie Heimkind. Na, du Heimkind, sagt er und meint es überhaupt nicht böse, er lächelt dabei, als wären sie vom selben Schlag. Jeden Freitag schmeißen die Jungs eine Party am Bach, egal, ob sie am nächsten Tag zur Schicht müssen oder nicht. Sie trinkt mit ihnen Bier, das in einer Blechwanne mit Eis lagert, und Bergarbeiterschnaps, der ihr beim ersten Schluck den Boden unter den Füßen wegreißt. Ihre Freundin Sputnik ist trinkfester, sie muss sich auch nicht ihre Schüchternheit wegtrinken, sie trägt *Die Glocke* von Schiller auf Sächsisch vor, und die Jungs lachen sich halb schlapp.

Sie kommt an diesen Freitagen immer viel zu spät ins Heim zurück, kreuzt erst gegen Mitternacht auf, von der übermüdeten Nachtwache erwartet, die sie wortlos in ihr Zimmer führt. Nach mehreren Verweisen bemüht sie sich, pünktlich zu sein. Harry bringt sie mit dem Moped, und sie lässt sich zum Abschied von ihm eine Kette machen, eine Kette aus Knutschflecken, die sie stolz am Hals trägt. Mehr lässt sie nicht zu, er darf sie nur küssen, nicht anfassen. Er schenkt ihr einen ausgekochten Hühnerknochen, ein Rippchen; für dich, du Heimkind, sagt er, und sie fragt sich, ob sie ihm vielleicht gefällt. Harry macht eine Fleischerlehre, seine Hände ähneln Riesenpranken, sie würde glatt in eine seiner Hände passen, er könnte sie damit umhertragen, einfach so.

Die Schulstunden verschläft sie oder albert herum, gibt im ernsten Ton Blödsinn von sich, und ihre Lehrer betrachten sie mit einem müden Staunen. Nur die Deutschlehrerin hält an ihrer Schülerin fest, sie sagt ihr eine große Karriere als Schauspielerin voraus. Diese Vorstellung schmeichelt ihr, doch sie fühlt, dass sie nichts mit ihr zu tun hat. Seit sie den Sportlehrer hat sagen hören, sie als Lady Milford sei eine Bohnenstange im Reifrock, hat sie keine Lust mehr mitzuspielen.

Im Frühsommer wird Ludi zwanzig Kilo leichter aus dem Krankenhaus entlassen. Sie ist erschrocken über seinen Anblick. Sie muss an den Gevatter Tod aus den Märchen denken, und wie der Ludi für zu leicht befinden würde, zu leicht, um am Leben zu bleiben. Als er zwei Wochen später stirbt, fühlt sie nur eine dunkle Beklommenheit, keine Trauer, und als sie versucht zu weinen, kommt sie sich unecht vor, wie eine schlechte Schauspielerin, die auf eine Zwiebel starrt, um loszuheulen.

Am letzten Schultag haben sich ihre Klassenkameraden eine Überraschung für sie ausgedacht: Auf ihrer Bank liegen eingewickelte Pausenbrote, Kuchen, Äpfel, eine Tüte voller Kirschen, Kekse, Bonbons, Schokolade – jeder hat ihr etwas mitgebracht, und sie beginnt langsam und gerührt unter den Blicken der anderen zu essen. Sie schafft alles, verschmäht nur die Schachtel mit den lebendigen Weinbergschnecken.

Die Schulprüfungen hat sie gerade so bestanden, außer der Deutschnote sind ihre Zensuren ziemlich mies. Sie wird eine Lehre als Rinderzüchterin beginnen, und die in ihrem Vertrag stehende Berufsbezeichnung Zootechniker/Mechanisator macht es auch nicht glanzvoller. Rinderzüchter wird nur, wer nichts Besseres bekommen hat.

Sie wird aus dem Heim entlassen. Tagelang haben sie über nichts anderes geredet. Sie sitzt mit den anderen im Bus, der sie in die Sommerferien und zu den Eltern bringen soll, und sie versichern einander, sich nie zu vergessen. Radatte will Schneiderin werden, und Mui geht weiter auf die EOS. Als sie am Hauptbahnhof aus dem Bus steigen, verabschieden sich die anderen eilig von ihr. Sie steht blinzelnd da, versucht ihre Tränen wegzulächeln. Was hat sie denn erwartet? Dass Radatte traurig ist, sie nicht mehr zu sehen, nicht mehr von ihr verspottet zu werden?

Sie hat nicht vor, nach Hause zu gehen. Sie lässt ihr Gepäck in einem Schließfach, geht durch die Straßen und sucht nach einem Nachtquartier. Sie entscheidet sich für ein Abrisshaus, die zerbrochenen Fensterscheiben sind mit Holzbrettern vernagelt, Tapeten hängen in Fetzen herunter, überall Schimmel, doch es liegt ruhig, zurückgesetzt am Ende einer Straße. Es erscheint ihr wie eine Zufluchtsstätte, zumindest für diese Nacht.

25

Sputnik hat auf Usedom eine Ferienarbeit für sie organisiert. Als sie am späten Abend eintrifft, zeigt Sputnik ihr das Restaurant, wo sie in der Küche arbeiten werden. Das Restaurant ähnelt dem ihres Vaters, vor dem Fenster hängen sogar orangefarbene Gardinen. Dann gehen sie ans Meer, laufen aufgeregt am Strand entlang, der Sternenhimmel hängt tief, zum Greifen nah.

Am nächsten Morgen erwacht sie in einem erbärmlich stinkenden Zimmer. Sie sieht eine alte Frau breitbeinig mit erhobenem Rock auf dem Teppichläufer stehen und pissen. Das macht sie jeden Morgen, erzählt Sputnik, sie wird die Seche genannt, niemand kann sie abhalten, auf den Teppich zu pissen. Seche kommt von Sechen, klärt Sputnik sie auf, Pissen auf Sächsisch.

Nach dem Frühstück sieht sie die alte Frau auf dem Hof sitzen, auf dem Tisch vor ihr liegt ein Berg toter Fische. Sie wirft einen Fisch nach dem anderen, gereinigt und ausgenommen, in eine blaue Plastiktonne, silberne Schuppen segeln durch die Luft.

Der Koch ist Sachse. Er spricht im breiten Dialekt, sein Lachen klingt wie ein Knurren und hallt den ganzen Tag durch die Küche. Er scheint sie zu mögen, denn während Sputnik abwaschen muss, darf sie kalte Platten anrichten. Sie gibt sich Mühe, möchte ihn nicht enttäuschen, verzichtet sogar auf die Zigarettenpause, abends fällt sie müde ins Bett, vom scharfen Uringeruch der Seche eingehüllt.

Es gibt einen Kellner, der sie auch zu mögen scheint, doch anders als der Koch. Die Zigarettenkippe hängt ihm im Mundwinkel, wie bei ihrem Vater, nachlässig, als wäre ihm alles egal. Er schnalzt mit den Fingern, als sie an seiner offenen Tür vorbei über den Hof geht. Er fragt sie, ob sie ihm helfen kann, sein Jackett auszubürsten. Während sie mit der Kleiderbürste über den Stoff streift, dreht er sich vor ihr mit ausgebreiteten Armen. Seinem Körper haftet ein süßlich strenger Geruch an, Rasierwasser, Schweiß, oder riecht der Fischkadaver vom Hof ins Zimmer hinein? Er schließt die Tür, nimmt ihr die Bürste aus der Hand, dann beugt er sich zu ihr, öffnet ihren Mund mit seiner Zunge. Seine Küsse schmecken scheußlich, nach vergorenem Atem, und doch spürt sie eine Erregung, als sie sich von ihm losmacht. Geht sie in den nächsten Tagen an seiner Tür vorbei, lacht sie laut und wild, fühlt sich erhitzt, größer und weicher.

Als der Koch sie einmal in die Speisekammer schickt, entdeckt sie in einem Regal Büchsen mit Ölsardinen und Thunfisch, Pfirsichhälften in Gläsern, lauter rare Delikatessen. Sie ist fasziniert von den Ölsardinenbüchsen, die mit ihren zarten blassgrünen und blaugrauen Schriftzügen wie kleine Kunstwerke wirken, sie steckt sich eine Büchse in die Kittelschürze. Sie macht sich nichts aus Fisch, und doch hat sie schon bald unter ihrem Bett ein ganzes Lager von Ölsardinenbüchsen. Dann aber erwischt der Koch sie beim Klauen einer Büchse und stellt sie so wütend zur Rede, dass sie zuerst glaubt, es wäre ein Scherz. Es ist nur eine Fischbüchse, versucht sie sich zu verteidigen, doch der Koch nennt sie eine hinterhältige Diebin, seine Stimme bebt, er nimmt ein Tablett mit schmutzigem Besteck und wirft es laut krachend in das Spülbecken. Von weit her hört sie die Stimme ihres Vaters, ich als Mensch, würde er sagen, und er würde diesen Satz auch irgendwie zu Ende bringen.

Nachts schleppt sie ihre mit dem Diebesgut gefüllte Reisetasche in den Wald und vergräbt alle Büchsen in der Erde. Sie hatte vor, die Fischbüchsen ihrer Mutter zu schenken, doch wie es aussieht, werden die Ölsardinen nun im Wald verrotten.

An ihrem letzten Abend schwimmt sie im Meer dem Horizont entgegen. Es ist warm und windstill, sie dreht sich auf den Rücken und lässt sich treiben, sieht die Sterne weit oben am dunklen Himmel. Sie stellt sich vor, sie würde auf den Meeresgrund sinken, sich dort mit aller Kraft abstoßen, durch das Wasser schwungvoll nach oben schnellen, und dann würde sie wieder auftauchen, wie neu, als wäre ihr nie etwas passiert.

26

Verschlafen stapft sie frühmorgens mit den anderen Lehrlingen in Gummistiefeln über die Seuchenmatte. Es ist vier Uhr dreißig, draußen ist es stockfinster. Sie schnallt sich den Melkschemel mit einem Gürtel um die Hüften, setzt sich vor eine Kuh, massiert das Euter mit einem Lappen, bis die Milch einschießt; sie hat den Dreh beim Melken schnell herausgefunden. Sie mag die Kühe, ihr leises Schnauben beim Wiederkäuen, die Wärme ihrer Körper.

Die vierhundert Kühe der LPG sind auf sechs Ställe verteilt, es gibt zwei Scheunen und ein Gebäude für die Kälberaufzucht. Das Lehrlingswohnheim liegt gleich neben den Ställen. In ihrem Zimmer sind zehn Mädchen untergebracht, sie schläft oben in einem Doppelstockbett. Sie freundet sich mit Babsy an, die eine Lederjacke trägt, Illustrierte aus dem Westen besitzt, Kette raucht und über Politik redet. Babsy will später unbedingt in den Westen, erzählt ihr viel von falschen

Pässen, unterirdischen Gängen und der Flucht mit einem Heißluftballon. Sie selbst hat keinen Plan für ihr Leben, manchmal träumt sie davon, Veterinärmedizin zu studieren, dann wieder sieht sie sich als Schäferin durch die Felder ziehen, vielleicht wird sie Kriminalgeschichten schreiben wie ihr Vater oder mit ihren Brüdern das Haus im Wald bewohnen.

Einmal wird sie Zeugin, wie eine Kuh zu Tode geprügelt wird. Die Kuh ist auf den feuchten Fliesen ausgerutscht, und ein Arbeiter tritt dem Tier, das sich nicht schnell genug erheben kann, mit seinen Gummistiefeln in die Flanken, laut ruft er nach seinen Kollegen. Gemeinsam versuchen sie die Kuh hochzuhieven, doch sie rutscht noch einmal aus, diesmal grätschen ihre Hinterbeine auseinander. Es scheint kein Hochkommen mehr möglich, das Tier gibt verzweifelt klingende Laute von sich. Der Arbeiter nimmt eine Eisenstange und schlägt auf die Kuh ein, er schlägt, als wolle er nie wieder aufhören, die anderen feuern ihn lautstark an. Als sie Babsy davon berichtet, zuckt die nur mit den Achseln, reg dich ab, sagt sie, es ist nur ein Tier.

Sie besteht die Melkprüfung als Beste, doch die Arbeit beginnt sie zu langweilen. Schon bald gewöhnt sie sich an, die erste Stunde der Frühschicht im Stroh zu verschlafen, und sie sträubt sich, die schweren Strohballen vom Wagen in die Mistgänge zu werfen oder die vollen Melkkübel in den Kühlraum zu schleppen. Ihre Fehltage häufen sich.

Sie trampt mit Babsy von einem Ort zum anderen. Sie übernachten irgendwo, erwachen früh auf Parkbänken, in Heuschobern oder auch in fremden Wohnungen. Während Babsy sich mit anderen unterhält, steht sie abseits, nur wenn sie etwas getrunken hat, verliert sie ihre Schüchternheit und ergreift das Wort. Dann redet sie kühn drauflos, als hätte sie mehr zu sagen als jeder andere Mensch. Wenn sie dann morgens erwacht, ist es ihr nur noch peinlich.

Oft ist sie auch allein unterwegs. Dann ist ihre Reisegeschwindigkeit eine andere, sie verweilt länger an den Orten, geht in kleine Backsteinkirchen oder sitzt stundenlang am Ufer eines Flusses, manchmal stellt sie sich vor, ihre Brüder wären bei ihr. Sie mag es, in der Dämmerung über die Autobahn zu fahren und nicht zu wissen, wo sie ein paar Stunden später übernachten wird.

Als sie wieder einmal einen Tag nicht zur Arbeit erschienen ist, schluckt sie den ganzen Inhalt einer Tube Zahnpasta herunter, um einem Verweis zu entgehen. Babsy hat ihr erzählt, dadurch würde sich hohes Fieber einstellen. Doch sie muss sich nicht einmal erbrechen.

Als Babsy ihr eine andere Lösung vorschlägt, die ihr eine lange Krankschreibung einbringen wird, hält sie die Idee zuerst für einen Scherz.

Ich soll was tun?

Hab nur meine Hilfe angeboten, Babsy zuckt mit den Schultern, ist deine Entscheidung.

Du willst mir den Arm brechen? Mit einer Eisenstange?

Warum nicht? Das bringt mindestens zwei Monate, es dauert, bis ein Bruch verheilt.

Ihre Gedanken rasen. Sie will es nicht, und doch, sie muss verrückt sein, sie hält es für eine Möglichkeit.

Wir nehmen den linken Unterarm, Babsy lacht leise vor sich hin und schiebt zwei Stühle bis auf einen Abstand von ungefähr 15 Zentimetern zusammen, über diese Lücke soll sie ihren Arm legen. Sie folgt der Anweisung, schließt die Augen, hört die Eisenstange, zieht den Arm weg.

Es ist dein Problem, sagt Babsy, nicht meins.

Ein Zittern durchläuft ihren Körper. Babsy nennt sich ihre Freundin, doch was weiß sie schon von ihr? – dies zu denken erscheint ihr anstrengend, laut ihre Zweifel auszusprechen hält sie für unausführbar. Sie spürt eine Müdigkeit im Nacken, als solle sie die Eisenstange dort treffen. Sonnenlicht dringt durch ihre geschlossenen Lider. Sie zieht den Arm nicht zurück.

Im Nachhinein bildet sie sich ein, gehört zu haben, wie ihre Knochen splittern. Doch das kann nicht sein, denn der Arzt konstatiert nach dem Röntgen einen sauberen Bruch.

Wegen ihres Gipsarms wird sie dazu eingeteilt, die Kühe auf die Weide zu bringen. Mit einem Stock in der rechten beweglichen Hand treibt sie die Tiere die Feldwege entlang. In der Luft liegt der Geruch nach Mist und Silage. Sie schließt das Gatter hinter den Tieren und legt sich ins Gras.

Sie hat heute Geburtstag, ihren siebzehnten. Eigentlich wollte sie ihn feiern, doch dann wusste sie nicht, wie. Sie hat noch immer nicht zugelegt, kein Gramm

Fett für schlechte Zeiten auf den Rippen. Kleiderstange hat sie kürzlich der Nachtwächter genannt, Kleiderstange, du musst mehr essen, hat er ihr mit besorgtem Spott hinterhergerufen. Dabei isst sie in der Kantine mehr als die Männer, im Kühlhaus trinkt sie den Rahm von der Milch, nur um endlich zuzunehmen. Sie hat wieder zu lesen begonnen, auf Schritt und Tritt trägt sie ein Buch bei sich. Sie glaubt, immer noch Jungfrau zu sein, die Jungs halten sie für verklemmt. Ihre Lehre wird sie wahrscheinlich abbrechen, sie kann sich nicht vorstellen, hierzubleiben. Sie hat der Mutter geschrieben. In einem Brief macht sie ihr wütende Vorwürfe, in einem anderen schreibt sie, alles sei in Ordnung. Sie hat keinen der Briefe abgeschickt.

Sie hört einen Vogelschwarm, bevor sie ihn sieht, Wildenten, die Richtung Süden ziehen. Sie stellt sich vor, mit ihnen zu fliegen, egal wohin. Sie steigt schwerelos empor, betrachtet die Welt von oben, sieht sich selbst im Gras liegen, die Arme ausgebreitet, alles ist nah und doch so unendlich weit entfernt, sie fliegt höher und höher, bis sie ganz verschwunden ist.

»Lebensprall und traurig, unsentimental und präzise: ein Meisterwerk.«

Jury des Deutschen Buchpreises 2014

Coverabbildungen vorbehalten

Angelika Klüssendorf

April

Roman

Piper Taschenbuch, 224 Seiten

ISBN 978-3-492-31852-5

Eine junge Frau, die sich April nennt und nur eines will: nach den Schrecken der Kindheit und einer Jugend ohne Jugend endlich ein selbstbestimmtes Leben führen. Am Anfang stehen ein einziger Koffer und ein Zimmer zur Untermiete im Leipzig der späten 70er-Jahre, am Ende ein Kind, die Ausreise nach Westberlin und ein Literaturstipendium. Dazwischen liegen Ausbrüche und Rückschläge, Glücksmomente und ein Selbstmordversuch. Und die Erfahrung, dass es schwer ist, jemanden zu lieben, aber noch schwerer, sich lieben zu lassen.

Leseproben, E-Books und mehr unter www.piper.de

»Ein starkes Buch über eine starke Frau.«

Denis Scheck, ARD druckfrisch

Coverabbildungen vorbehalten

Angelika Klüssendorf

Jahre später

Roman

Piper Taschenbuch, 160 Seiten

ISBN 978-3-492-31851-8

Auf einer Lesung lernt sie einen Mann kennen, der April zunächst durch seine dreist raumnehmende Art auffällt. Es ist nicht Sympathie, die sie zusammenführt. Es ist eine andere Form der Anziehung: Intensität. Angelika Klüssendorf erzählt, wie eine Liebe zwischen zwei radikalen Einzelgängern entsteht, die beide mit ihren eigenen Mitteln versuchen, ins Soziale zu finden und zu sich selbst. Es ist eine Geschichte von der Bereitschaft, sich zu öffnen, von glühender Gemeinsamkeit, aber auch den unaufhaltsamen Fliehkräften, die das Paar auseinandertreiben.

Leseproben, E-Books und mehr unter www.piper.de

Eine Wiederbegegnung mit dem Mädchen, das sie war

Coverabbildungen vorbehalten

Angelika Klüssendorf
Risse
Roman

Piper Taschenbuch, 176 Seiten
ISBN 978-3-492-32138-9

Nach dem Tod der geliebten Großmutter ringt das Mädchen darum, seine Eltern auszuhalten und zu verstehen und die Schwester zu beschützen. Lichtblicke liefern Bücher, das Lesen bietet selbst im Kinderheim noch einen Ausweg. Angelika Klüssendorf erzählt die Vorgeschichten zu ihrem Erfolgsroman »Das Mädchen« neu - und sie überprüft schonungslos, was nicht erzählt wurde und warum. Ist Wahrhaftigkeit im Erzählen von sich möglich? Autofiktion, radikal und bewegend!

Leseproben, E-Books und mehr unter www.piper.de